오늘이 내일이면 좋겠다

오늘이 내일이면 좋겠다

남 유 하

에 세 이

사□계절

산티아고에 비가 내린다

스위스에서 엄마를 떠나보내다

애도 일기

프롤로그

2023년 8월 3일, 스위스 페피콘.

"이제 약 먹어도 되나?"

침대에 등을 기대고 앉은 엄마가 묻는다. 식당에 갔을 때, 후식은 언제 나오나? 하고 묻는 것과 같은 온도로. 불안도 초조함도 없다. 엄마는 스위스에 도착한 순간부터 빨리 끝내고 싶어 했다.

아이린은 조금만 더 기다려달라고 했다. 구토억제제를 마신 뒤 30분은 지나야 약을 마실 수 있다.

"Clouds look at me."

엄마가 침대 맞은편 창으로 보이는 하얀 구름을 가리킨

다. 완벽한 하늘과 완벽한 구름이 거기 있다. 엄마는 구름을 타고 날아갈 준비가 되어 있다. 아빠와 엄마가 잠시 이야기를 나누는 사이, 아이린이 약이 준비되었다고 알려준다. 그리고 덧붙였다. 지금 마셔도 되고 원하는 만큼 시간을 가져도 됩니다.

"Now."

엄마는 단호하게 말한다. 아이린이 약병을 따고 투명한 컵에 내용물을 붓는다. 점성이 있는 투명한 액체다. 약을 건네자 엄마가 받아 든다. 조금의 떨림이나 망설임도 없이 약을 마신다. 단숨에. 고통을 빨리 끝내고 싶은 염원이 전해진다.

타냐가 초콜릿을 잘라준다. 엄마가 초콜릿을 먹는다. 라즈베리주스는 마시지 않고 작은 초콜릿 조각을 하나 더 받아 반으로 자르려 한다. 옆에 있던 타냐가 도와준다. 엄마는 새끼손톱만 한 초콜릿 조각을 입에 머금고 아이린과 함께 심호흡한다.

크게 들이마시고 내쉬고.

한 번의 심호흡을 한 뒤 침대 등받이에 기댄다. 나는 엄마의 머리맡에 쪼그려 앉는다.

"Hot."

엄마가 말한다.

"더워?"

"아니, 몸이 뜨거워."

아이린은 자연스러운 반응이라고 한다. 곧이어 엄마가 "dizzy"라고 한다.

"어지러워?"

엄마의 눈이 감긴다. 엄마가 잠들었다. 아이린과 타냐가 놀란다. 사람에 따라 다르지만 약을 먹고 편안한 잠에 빠질 때까지는 5분에서 10분 정도 걸린다고. 엄마는 1분도 채 지나지 않아 잠든 것이다.

아이린이 침대 등받이를 내린다. 그리고 내게 속삭인다. 이제 어떤 고통도 느끼지 않아요.

아이린의 말대로 엄마는 편안한 표정이다. 잠을 잘 때조차 미간에 새겨져 있던 고통이 사라지고 없다. 나는 엄마의 손을 잡는다. 아직 맥이 뛴다. 숨죽이고 엄마를 바라본다. 엄마가 떠나는 지금을, 단 한 순간도 놓치고 싶지 않다. 눈물이 나지만 눈이 빠질 만큼 쏟아지진 않는다. 엄마가 내 곁을 완전히 떠났다는 사실이 슬프지만 고통에서 벗어났다는 사실이 기쁘다.

약해지던 맥이 멈췄다. 스위스 시간으로 12시 반, 한국 시간으로는 오후 7시 반이다.

엄마, 안녕.

나는 엄마에게 작별 인사를 한다. 방 안을 차근차근 둘러
본다. 그렇게 하면 엄마의 영혼을 찾을 수 있다는 듯이.

여덟 장의 사진

이 글의 주인공을 소개합니다.

이름: 조순복(趙順福)
생년월일: 1944년 12월 19일(음력), 원숭이띠
출생: 함경도
본관: 한양 조씨
가족: 배우자, 슬하 1남 1녀

여기까지 적다가 이런 딱딱한 정보로는 결코 엄마를 알
릴 수 없다는 생각이 들었다. 나는 내 방식대로 엄마를 소
개하기로 했다. 여덟 장의 사진을 보면서.

흑백사진 속 엄마는 교복을 입고 있다. 단발에 앞머리를 옆으로 넘겨 핀을 꽂았다. 엄마는 열 살 터울의 이모를 안고 있다. 색동 한복을 입은 꼬마 이모는 입을 앙다물고 호기심 어린 눈으로 카메라를 바라본다. 이모가 대여섯 살 정도로 보이니까 엄마는 중학생일 것이다. 입가에는 보일 듯 말 듯 옅은 미소를 띠고 있다. 엄마의 아랫입술이 도톰하다. 내가 기억하는 엄마의 입술은 얇은 편이었다. 나이가 들면 입술 크기가 줄어든다더니 정말인가?

나는 잠깐 거울을 본다. 내 입술이 예전보다 얇아진 듯한 느낌이 든다.

엄마가 열여섯 살에 찍은 사진이라면 1960년일 것이다. 지금으로부터 무려 64년 전.

나는 내가 살아보지 않은 시대를 상상한다.

새하얀 깃이 달린 검은 교복을 입고, 힘찬 걸음으로 온양을 누비던 소녀.

소녀는 누구보다 큰 소리로 웃는다. 웃을 때면 목젖까지 보인다. 웃음은 금세 주변 사람에게도 전염된다. 명랑하고 활발한 성격이지만 몸이 약해 잔병치레가 많다. 소녀의 엄마는 시장에 갈 때 딸 다섯 가운데 소녀만 몰래 불러 데려간다. 장을 보고 오는 길에 뜨끈한 고깃국밥을 사 먹인다. 자매들에게는 비밀로 하고.

소녀는 수학여행을 가지 못했다. 아버지는 타지에 가서 아플까 봐 걱정이라 보내줄 수 없다고 했지만 반에서 단 한 명, 자기만 가지 못하는 것이 섭섭하다. 여행에서 돌아온 친구가 사다 준 석가탑 모형을 손에 쥐고 굵은 눈물방울을 떨어뜨린다. 그리고 다짐한다. 나중에 커서 여행을 많이 다니겠다고. 석가탑뿐만 아니라 에펠탑도 자기 두 눈으로 볼 거라고.

두 번째 사진

두 번째 사진은 엄마와 아빠가 사진관에서 찍은 흑백사진이다. 둘은 나란히 서서 손을 잡고 있다. 1967년, 엄마가 스물세 살 때다. ROTC였던 아빠는 군복을 입었고, 엄마는 검정 미니 원피스 차림이다. 머리는 〈로마의 휴일〉에 나오는 오드리 헵번처럼 짧다. 원래 엄마는 긴 포니테일을 하고 다녔는데 어깨와 목이 아파 병원에 갔더니 의사가 머리부터 자르라고 했단다. 숱 많은 머리카락의 무게를 가느다란 목이 감당하지 못한 것이다.

이 사진은 아빠가 산에서 우연히 찾은 아기 단풍나무 표본—잎이 두 장 달린 단풍나무를 발견하고 뿌리까지 조심스레 캐내 엄마에게 선물했다—과 함께 액자에 걸려 있다.

내가 대학에 갔을 때 엄마는 말해주었다. 저 사진 말이야. 처음으로 둘이 밤을 보낸 다음 날, 아빠가 손을 잡고 사진관에 데려갔어. 친한 친구끼리 비밀을 공유하듯 목소리를 죽이고 말하는 얼굴에 장난꾸러기 같은 웃음이 떠올랐던 걸 기억한다. 그럴 만도 하다. 결혼 전 엄마는 인기가 많았으니까. 국회의원 손자도, 잘나가던 신문사의 기자도 구애했지만 엄마는 아빠를 선택했다.

"아빠의 어디가 좋았어?"

"말 없는 점이."

엄마 주변의 남자들은 말이 많았다. 화려한 미사여구로 유혹하려는 남자들. 그에 반해 아빠는 말이 없었다. 엄마는 이토록 과묵하고 진중한 남자라면 신뢰할 수 있다고 판단했다. 그러나 아빠의 과묵함으로 인해 엄마는 향후 50여 년간 답답한 삶을 살게 된다. 아빠가 말이 없었던 건, 표현을 잘 못하는 성정 때문이었다!

이십 대의 엄마는 아름다웠다. 마음껏 젊음을 즐겼다. 사람들은 엄마를 좋아했다. 엄마는 누구에게나 행복을 주는 사람이었다. 무역회사에 다니던 엄마는 프랑스에서 일할 기회도 있었지만 아버지와 동생들이 마음에 걸려 가지 못했다. 엄마는 사실상 집안의 가장이었다.

1969년 여름, 엄마는 아빠와 결혼했다. 서울 생활을 접고 광산에서 일하는 아빠를 따라 강원도 산골에 들어갔다. 처음 몇 달은 고산병에 걸려 코피를 쏟았다. 겨울이 오자 눈이 허리까지 쌓이는 낯선 동네에 적응하느라 몸과 마음이

힘들었다. 그러면서도 옆집 아기 엄마가 쌀을 빌리러 오면
선뜻 한 되를 내주고, 모두 잠든 새벽 남몰래 옆집 광에 가
서 쌀독에 한 되를 더 쏟아붓고 왔다.

나는 가끔 엄마가 프랑스에 갔다면 어땠을까, 더 행복한
삶을 살았을까, 상상해본다. 행복한 삶, 불행한 삶, 혹은 지
금과 크게 다르지 않은 삶이 제각각 머릿속에 그려진다. 어
떤 삶이라도 한 가지는 확실하다. 엄마가 프랑스에 갔다면
아빠와 결혼하지 않았을 것이고, 그랬다면 내가 태어나지
못했을 것이다.
　엄마, 말 없는 아빠를 선택해줘서 고마워.

세 번째 사진

드디어 사진 속에 내가 등장했다. 공원에서 오빠와 셋이 찍은 사진이다. 엄마는 비스듬한 원반 모양의 조각에 기대어 있고, 오빠는 개구리처럼 팔을 벌리고 엉덩이를 뒤로 뺀 우스꽝스러운 자세를 잡고 있다. 나는 오빠를 흉내 내려 하지만 뻣뻣하게 서서 겨우 팔만 벌렸다.

삼십 대의 엄마는 어깨에 빨간 줄이 있는 흰 티셔츠를 입고, 하얀 바지를 입었다. 지금 봐도 멋스럽다. 가족 소풍을 간 날인 듯, 같은 공원을 배경으로 같은 옷을 입고 찍은 사진이 많지만 아빠와 찍은 사진은 없다. 아빠는 프레임 밖에서 우리를 찍어주느라 바빴을 것이다.

우리 가족은 여름이면 할머니가 계신 강원도 삼척에 갔다. 삼척에는 물이 깨끗하고 놀기 좋은 바닷가가 많았다. 아침이면 나는 세수도 하지 않은 채 졸린 눈을 비비며 바닷가에 갈 준비를 했다. 엄마는 총각김치와 풋고추 반찬을 넣은 도시락, 감자와 옥수수를 넉넉히 챙겼다. 커다란 수박을 드는 건 아빠 몫이었다.

해수욕장에 도착하면 엄마는 파라솔과 폐타이어 튜브를

빌리고 돗자리를 깔았다. 아빠는 파도가 닿는 끝자락에 모래 구덩이를 파고 수박을 묻었다. 이리 와. 오일 바르자. 엄마는 내 등과 팔, 다리에 올리브오일을 골고루 발라주었다. 올리브오일을 바르면 피부가 타도 따갑지 않았다. 엄마는 커다란 밀짚모자를 쓰고 발목까지 오는 비치 원피스 위에 흰 셔츠를 걸쳐 입었다. 흰 장갑도 꼈다. 나는 그런 엄마를 신기하게 쳐다봤다.

모래성을 만들고, 바다에 들어가 헤엄치고, 먹고, 모래찜 질하고, 튜브를 타고 둥둥 떠다니다 보면 시간이 훌쩍 갔다. 해 질 무렵 불어오는 선선한 바람이 젖은 몸을 스치면 금세 소름이 돋고 턱이 달달 떨렸다. 서둘러 모래사장으로 뛰어나오면 커다란 비치 타월을 활짝 펼쳐 들고 기다리던 엄마가 나를 폭 감싸주었다. 보드라운 타월, 햇살을 머금은 모래의 따스함, 내 앞에 쪼그리고 앉아 머리의 물기를 닦아 주는 엄마. 사랑의 기억들.

네 번째 사진

네 번째 사진 속에는 빨간 티셔츠에 청 반바지를 입은 내가 있다. 나는 덕수궁 중화전 앞에 놓인 정1품 비석 위에 손을 짚고 섰다. 엄마는 없다. 엄마는 나를 찍어주고 있으니까.

사진에 찍히던 순간을 기억한다. 내가 정2품 비석 앞에 섰을 때 엄마가 손짓하며 말했다.

"기왕이면 정1품 앞에 서봐."

"응?"

"정1품이 더 높으니까."

"차라리 임금님 자리에 갈까?"

"저 안에는 들어가면 안 되잖아."

엄마가 웃었다. 나는 폴짝 정1품으로 뛰어갔다. 사극에서 본 것처럼 에헴, 헛기침하며 턱수염을 쓰다듬는 시늉을 했다.

엄마가 찍히지 않은 사진을 굳이 고른 이유는 내가 이날을 어떤 사진보다 선명하게 기억하기 때문이다. 엄마랑 내가 처음으로 단둘이, 온종일 데이트한 날.

엄마는 하얀 셔츠에 카키색 바지를 입었다. 바지 색과 어울리는 연두색 선글라스도 썼다. 라이카 카메라를 목에 걸고 나를 찍었다. 나는 엄마의 모델이 되는 일이 즐거웠다. 엄마가 렌즈를 들여다보며 한쪽 눈을 질끈 감는 모습이 근사해 보였다.

덕수궁 이곳저곳을 누비며 왕이 된 나를, 정승이 된 나를, 포졸이 된 나를 상상했다. 엄마는 재잘거리는 나를 보며 미소 지었지만 별로 말이 없었다. 언뜻언뜻 쓸쓸한 표정을 지은 것도 같다.

사십 대의 엄마는 쓸쓸했을 것이다. 아빠는 여전히 광산 일을 하느라 주말에만 집에 왔고, 사춘기가 시작된 오빠는 음악에만 빠져들었으니.

그날 저녁, 덕수궁 근처의 일식집에 갔다. 우리는 카운터 자리에 앉았고, 주방장 아저씨가 한 접시씩 초밥을 내주었다. 한참 맛있게 먹는데 처음 보는 연한 살구색 초밥이 나왔다.

"이게 뭐야?"

"전복이야. 먹어 봐."

이상한 모양이라고 생각하면서도 생전복을 입에 넣었다. 딱딱하면서도 미끈한 식감. 기겁하며 뱉어버렸다.

"맛이 이상해."

나는 눈물을 찔끔 흘렸다. 엄마가 냅킨으로 눈물을 닦아주며 말했다.

"놀랐어? 너무 싱싱해서 그래."

"맛없어."

"그게 맛있는 거야. 네가 아직 맛을 몰라서 그렇지."

엄마가 경쾌하게 웃었다. 주방장 아저씨도 웃으며 전복초밥 하나를 서비스로 주었다. 그건 엄마가 먹었다. 오도독 오도독, 아무렇지도 않게 전복을 씹었다. 그 순간 나는 엄마와 사랑에 빠졌다. 전복초밥을 잘 먹는 엄마, 사진을 찍을 때 윙크하듯 한쪽 눈을 감는 엄마, 연두색 선글라스가 잘 어울리는 엄마와.

다섯 번째 사진

다섯 번째 사진은 서재 벽에 걸려 있다. 날짜 표시 기능이 있는 디지털카메라로 찍은 사진이라 오른쪽 아래에 98.12.26이라고 적혀 있다. 사진 속 엄마와 나는 서로에게 몸을 기대고 환하게 웃는다. 테이블 위에는 파란 유리컵이 세 개 놓여 있다. 하나는 사진을 찍어준 오빠 컵이다. 오빠는 여자 친구와 헤어지고 나면 우리를 태우고 목적지 없이 드라이브를 했다.

엄마는 하얀 패딩을, 나는 주황색 터틀넥 스웨터에 털실로 짠 멜빵바지를 입고 있다. 오십 대 중반의 엄마는 나랑 친구처럼 보인다.

마흔서넛부터 쉰여덟—허리 디스크가 악화되어 척추에 나사못을 박는 수술을 하기 전—까지 10년 남짓한 시간이 엄마가 가장 건강하고 활발하게 활동한 시기였다. 아이들을 키우느라 소원해졌던 친구들도 만나고, 회화나 조각도 배웠다. 나는 나대로 대학에 다니고, 일본으로 어학연수를 가고, 취업 준비를 했다. 남자 친구도 열심히 사귀었다. 한 집에 살고 있으면서도 서로 얼굴을 마주한 시간이 가장 적었던 시기다.

엄마도 나도 각자의 삶을 사느라 바빴지만 둘만의 데이트는 포기하지 않았다. 우리가 가장 좋아했던 데이트 장소는 단연코 온양온천으로, 찬 바람이 불 무렵에는 어김없이 온천을 하러 갔다. 엄마가 자란 곳이어서일까. 온양에서 엄마는 종종 소녀 같은 표정을 지었다. 우리는 엄마가 어린 시절부터 가던 목욕탕에 가고, 오래된 중국집에서 짜장면을 먹고, 역시 오래된 설렁탕집에도 갔다. 한번은 온양온천호텔 지하에 있는 나이트클럽에 갔다. 그날 처음이자 마지막으로 엄마랑 신나게 춤을 췄다. 조용한 음악이 나오고 자리에 앉아 쉴 때면 아저씨들이 엄마에게 다가와 말을 걸었고, 엄마는 정중히 거절했다. 보브커트를 하고 진분홍색 스웨터에 청바지를 입은 엄마는 내가 봐도 예뻤다.

"와, 어떻게 나보다 더 인기가 많아?"

농담 반 진담 반으로 투덜거렸더니 엄마는 네가 너무 어려 보여서라며 나를 위로(?)해주었다. 하긴 맨투맨 티셔츠에 헐렁한 바지를 입고 힙합 비슷한 춤을 추는 나는 시골 아저씨들이 보기엔 불량 학생 같았을 것이다. 아니, 사실은 엄마가 더 예뻐서라는 걸 알고 있지만 애써 현실을 부정하며 등에 땀이 나도록 춤을 추었다. 아무려면 어때. 신나면 그만이지.

우리는 새벽 1시가 넘어서야 밖으로 나와 근처에 있는 포장마차에서 잔치국수를 먹었다. 친구들과 클럽에서 밤새워 논 다음 먹는 라면보다 백배는 맛있었다.

만약 그날로 돌아갈 수 있다면, 나는 조용한 음악이 나올 때 테이블에서 파인애플과 멜론을 먹는 대신 엄마와 춤을 추겠다. 엄마에게 오른손을 내밀며 "Shall we dance?"라고 물으면, 엄마는 우아한 미소를 지으며 내 손을 잡을 것이다. 사뿐사뿐 무대 위로 올라가 조명을 받으며 엄마와 꼭 끌어안고 왈츠를 추고 싶다.

엄마의 회갑 잔칫날. 엄마와 아빠는 한복을 입고 마주 보며 웃는다. 아빠는 다정하게 엄마의 어깨를 감싸안았다. 광택이 있는 분홍 저고리에 하늘색 치마, 빨간 배자는 내가 골랐다. 아빠는 남색 두루마기를 입고 있다. 사진 속 엄마는 다른 사진보다 얼굴에 살이 붙은 모습이다.

요즘 누가 회갑 잔치를 해? 아빠랑 여행이나 다녀오면 되지, 하는 엄마에게 반드시 잔치를 해야 한다고 우긴 사람은 나였다. 2년 전 큰 허리 수술을 이겨낸 엄마를 격려하는 의미로.

회갑 잔치는 한식집에서 했다. '축 회갑'이라고 쓰인 커다란 떡케이크와 과일, 알록달록한 한과가 상에 차려졌다. 이모들과 삼촌 내외가 축하해주러 왔다. 오빠네도 아직 아이가 없을 때다.

"이 한복, 좀 촌스럽지 않아?"

한참 시간이 흐른 뒤, 엄마와 앨범 정리를 하던 내가 물었다.

"어, 촌스러워."

엄마가 주저하지 않고 말했다. 당연한 걸 왜 묻냐는 말투였다. 나는 깜짝 놀라 되물었다.

"근데 왜 이걸로 했어?"

"딸이 이쁘다고 골라주는데 어떻게 싫다고 해."

이런, 내 패션 감각은 그다지 좋지 못하다. 감각이 없으면 기본만 해도 되는데 꼭 범상치 않은 옷을 고른다. 한복을 고를 때도 그런 감각이 발동된 것이다. 그냥 엄마가 고르게 둘걸.

"그래도 싫다고 했어야지!"

"괜찮아. 이뻐."

물론 이쁘다. 그건 어디까지나 모델이 이뻐서 그런 거다.

회갑 잔치를 하고 5년 뒤, 엄마는 암에 걸렸다. 유방암 2기라고 했다. 허리 수술만으로도 힘들었는데 암이라니. 당시 국회의원 보좌진이었던 나는 그 소식을 듣고 의원실에서 울었다. 어린아이 같다고 생각하면서도 울음을 멈출 수가 없었다. 회의를 마치고 들어오던 의원님이 놀라며 무슨 일이냐고 물었다. 엄마가 암에 걸렸어요. 목이 메는 나를 의원님이 위로해주었다. 요즘은 의학이 발달했으니 괜찮을 거라고. 유방암은 생존 확률도 높다고. 의원님을 잘 보좌해야 하는 직업인데 오히려 위로받다니, 나는 참 덜떨어진 일꾼이었다.

나보다 강한 엄마는 힘든 수술과 항암 치료를 견뎌냈다. 그런 엄마도 항암 약 부작용으로 머리카락이 빠지는 건 속상해했다. 어느 날 엄마가 머리를 밀었다고, 삭발했다고 말했다. 그대로 달려간 나를 맞은 엄마는 집에서도 모자를 쓰고 있었다.

"엄마 머리, 볼래?"

"응."

엄마가 나를 화장실로 데려갔다. 거울 앞에서 모자를 벗고 가만히 나를 바라봤다. 숱 많던 머리카락이 사라진 두피는 마냥 연약해 보였다.

"이거 봐. 다 없어졌지. 눈썹도 빠지더라."

담담한 말투와 달리 눈시울은 붉었다. 나는 어릴 때 엄마가 내게 그랬듯 엄마를 꼭 끌어안고, 엄마는 머리통이 동그

래서 예쁘다고, 머리카락도 눈썹도 금방 다시 날 테니까 괜
찮다고, 괜찮다고, 몇 번이나 말했다.

일곱 번째 사진

속초 바닷가. 계단 포토존 위에서 일흔일곱의 엄마가 만세를 부른다. 큰 소리로 외친다. 야-호!

하늘은 온통 은회색 구름으로 덮여 있고, 오른손이 닿은 곳만 새파란 얼굴을 드러냈다. 회청색 바다는 육지처럼 잔잔하다.

엄마는 옅은 분홍색 바람막이를 입었다. 코로나 시절이라 한쪽 귀에는 마스크가 걸려 있다.

사진 속 엄마는 자유롭다. 암 따위는 다 벗어던진 듯.

2021년 5월, 엄마, 아빠와 나는 2박 3일 일정으로 속초 여행을 갔다. 바닷바람이 제법 불던 날, 엄마는 바다를 보며 울었다. 2020년 가을, 수술 후 11년 만에 엄마는 유방암이 뼈로 전이되었다는 판정을 받았다.

우리는 조개껍데기를 줍고, 바닷가의 조형물을 배경으로 사진을 많이 찍고서 숙소로 갔다. 척산온천 휴양지의 가족탕이 있는 객실이었다. 검은색과 회색, 흰색의 자그마한 타일이 붙은 네모난 탕 안에 앉으면 창밖으로 설악산이 보였다.

엄마는 유방암 수술을 한 뒤로 사우나에 가는 일이 드물
었다. 그래서 함께 씻는 건 오랜만이었다. 나는 엄마의 머
리를 감겨주었다.

"어렸을 때는 엄마가 다 씻겨주었는데 이제 거꾸로 됐
네."

엄마는 겸연쩍은 듯, 즐거운 듯 말했다.

목욕을 마치고 숙소 근처에서 저녁을 먹고 돌아오는 길,
엄마가 민들레 씨앗을 발견하고 발로 톡톡 찼다. 조금 더
가다 보니 아예 민들레밭이 있었다. 엄마는 아이처럼 신이
나 씨앗을 날려 보냈고 아빠는 엄마가 넘어질까 봐 옆에서
꼭 잡아주었다. 엄마는 언제나 민들레 씨앗을 그냥 지나치
지 않고 날려 보내주었다. 손으로, 발로, 때로는 입으로 후,
불어서. 멀리멀리 날아가 꽃을 피우라고.

둘째 날 저녁, 엄마랑 아빠가 옥신각신했다. 둘을 말리기
는커녕 나도 분란에 한몫했다. 무슨 일인지 기억나지 않는
걸 보니 으레 그랬듯 사소한 일이었을 것이다. 저마다 심사
가 틀어진 우리는 낮에 시장에서 사 온 떡으로 저녁을 때
웠다. 마음속에 불만과 원망을 안고 꾸역꾸역 떡을 삼키던

느낌. 그 불편한 감각을 다시 느낄 수 있다면.

셋째 날 아침, 새벽부터 혼자 산책을 다녀온 아빠가 엄마에게 아카시아꽃을 선물했다. 고마워, 여보. 내가 사랑하는 두 사람이 서로를 꼭 끌어안았다. 부랴부랴 휴대폰을 찾아 화해의 순간을 담았다. 얘들도 집에 데려가야지. 엄마가 생수병에 꽃을 담았다.

집으로 돌아오는 길, 터미널 근처에서 밥을 먹고 바닷가에 한 번 더 갔다. 엄마는 바다를 향해 작별 인사를 하며 또 울었다.

2021년의 속초 여행은 우리의 마지막 여행이 되었다. 한 번 더 가자고 여러 번 말했지만 끝내 가지 못했다.

여덟 번째 사진

엄마는 관에 누워 있다. 밝은 원목 관 속에서 엄마를 감싼 하얀 천이 은은하게 반짝인다. 달빛처럼. 흰옷을 입은 엄마는 새빨간 보리수 열매를 오른손에 꼭 쥐고 있다. 떨어진 한 알까지, 네 알의 보리수는 엄마와 함께 먼 여행을 떠날 것이다.

눈을 감은 엄마는 고요하다.

여덟 번째 사진은 아직 오래 보고 있을 수가 없다.
엄마가 떠났다는 걸 인정하고 싶지 않은 나는 다만 엄마가 고통에서 벗어났음을, 유일한 위안으로 삼는다.

2023년 8월 3일, 엄마의 역사가 끝났다.
이제 더는 새로운 엄마 사진이 없다.

산티아고에

비가 내린다

우리의 암호: 산티아고에 비가 내린다

서울에서 취리히까지 8,770km, 우리의 긴 여정은 칠레 군
부의 쿠데타 신호로 알려진 이 문장에서 시작되었다. 하지
만 지금부터 할 이야기는 칠레와는 아무 관계가 없다.

이것은 내 엄마의 이야기, 엄마가 어떻게 스위스에서 죽
음을 맞이하게 되었는가에 관한 이야기다.

엄마는 말기암 환자였다. 2009년 65세의 나이로 유방암
2기 진단을 받았고, 우측 유방 전절제 수술 후 항암 치료를
견뎌냈다. 그리고 6개월에 한 번씩 검진을 받았다. 10년이
지나자 A 병원에서는 이제 동네 병원에서 검진받아도 된
다고 했다. 사실상 완치 판정이었다. 그날 내게 전화를 걸

어 들뜬 목소리로 얘기하던 엄마. 나도 덩달아 들떴다. 엄마가 남은 삶만큼은 아프지 않고 살아갈 거라 믿었다.

완치 판정을 받고 1년이 지난 2020년 9월. 엄마는 암이 뼈로 전이되었다는 선고를 받았다. 골반, 허리, 무릎에 광범위한 전이가 일어나 말기암으로 분류된다고 했다.

나는 당장 엄마를 잃는 줄 알았다. 엄마가 처음 유방암 진단을 받았을 때처럼 매일 울었다. 엄마를 잃고 싶지 않았다. 그러면서도 한편으로는 엄마가 사라질 때를 대비했다. 하루에 한 번씩 영상통화를 하며 엄마의 모습을 저장하고, 음성통화를 전부 녹음했다.

의사는 전이가 곧 죽음은 아니라며 치료를 권했다. 엄마는 방사선 치료는 하지 않고, 약물 치료를 하기로 결정했다. 매일 정해진 시간에 약을 먹고, 정기적으로 주사를 맞았다. 주사는 면역 수치가 떨어지면 맞을 수 없어 종종 미뤄야 했다.

모든 암은 통증을 유발하지만 뼈로 전이된 암은 극심한 통증으로 악명 높다. 엄마는 불시에 찾아오는 뼈의 통증을, 칼로 콱콱 찌르는 듯한 통증이라고 표현했다. "콱콱"이라고 할 때마다 이를 악물며 특히 아픈 오른 다리를 칼로 찌르는 시늉을 하면서.

10년 전처럼 머리카락과 손톱이 빠지진 않았지만 항암약은 심각한 부작용을 일으켰다. 손발의 피부가 각질화되어 벗겨지고 연한 살이 노출되는가 하면, 팔다리에는 붉은 좁쌀 같은 발진이 돋아 가려움증을 유발했다. 엄마는 가려움을 조금이라도 가라앉히려 저온 화상을 입을 정도의 뜨거운 물에 몸을 담갔다. 통증을 줄이기 위해 마약성 진통제도 먹었다. 내성이 생겨 점점 독한 약으로 바꿨지만, 통증이 가시는 시간은 점점 짧아졌다. 진통제 부작용인 변비도 큰 고통이었다.

하루에 여러 차례, 아침에 눈을 떠 잠자리에 들기 전까지 시간 맞춰 먹어야 하는 약들. 엄마는 알람을 설정해놓고 열심히 먹었다. 산책하다 문득 엄마에게 전화하면 "밥, 약 시간"이라며 급하게 끊을 때가 많았다. 입맛이 없을 때도 약을 먹기 위해 밥을 먹었고, 약을 먹기 전에는 두 손 모아 기도했다. 이 약을 먹고 낫게 해주세요, 고맙습니다. 그런데도 암은 집요하게 퍼져나갔다.

2021년 겨울, 엄마는 2차 뼈 전이 선고를 받았다. 위장으로도 전이되었다. 나아지는 건 기대할 수도 없었다. 단지 그 상태로 머물러 있기를 바랐다. 그 소박한 기대마저도 꺾일 때의 절망. 잠을 자다가도 저절로 비명이 터져 나오는 통증.

엄마를 괴롭힌 건 암뿐만이 아니었다. 허리 통증도 평생 따라다녔다. 엄마는 척추측만증으로 허리에 나사못을 박는 수술을 네 번이나 했다. 첫 번째 수술은 쉰여덟에, 4년 뒤인 예순둘에 재수술을, 일흔에 세 번째 수술을 했다. 2022년 여름 엄마는 네 번째 수술을 했다. 그해 봄부터 오른 다리에 힘이 없고, 지팡이와 아빠의 부축 없이는 걷지 못하게 된 것이다. 네 번째 수술을 하기까지 많은 고민이 있었다. 고령인 데다가 말기암 환자라 병원에서도 위험 부담이 크다는 입장이었다. 그럼에도 엄마는 수술을 감행했다. 죽을 때까지 자기 힘으로, 두 다리로 걷는 것이 엄마에게는 무엇보다 중요한 일이었다. 수술대에서 죽더라도 괜찮아. 아픈 게 끝나는 거니까. 엄마는 내 머리를 쓰다듬으며 말했다. 나는 놀라지 않았다. 두 번째 전이가 되고 나서부터 엄마가 자살을 생각했다는 걸 이미 알고 있었으니까.

엄마는 여러 방법을, 아주 구체적으로 고민했다. 비닐을 뒤집어쓰고 목에 테이프를 감을까, 수면제를 먹고 바다에 들어가면 어떨까, 이제 바다까지 갈 힘도 없는데 뒷산에 올라가 구덩이를 파고 그 안에 누우면 얼어 죽지 않을까. 그럴 때마다 나는 그 방법이 좋지 않은 이유를 댔다. 비닐은 손톱으로 뜯으면 금방 찢어질 거야. 산속에 들어가는 건 너무 추워서 고통스러울걸. 그러면 엄마가 다시 반박했다. 수면제 먹고 잠들면 모를 텐데. 안 돼. 밖에서 죽으면 기사에 실릴 거야. N모 작가의 어머니, 산에서 동사한 채로 발견. 그래, 그건 안 되겠다. 너한테 피해 주면 안 되지.

우리는 이런 대화를 오늘 점심에는 뭘 먹을까, 하는 것처럼 자연스럽게 나눴다. 나에게는 엄마가 정말로 실행하지는 않을 거란 확신이 있었다. 엄마는 삶을 무척 사랑하는 사람이었다. 다만 극심한 고통 앞에 무력해지는 순간이 오면, 죽음을 상상해서라도 거기서 벗어나야 했을 것이다.

어느 날, 엄마의 화장대 서랍에서 압박 붕대를 발견했다. 쥐가 나는 다리에 감기 위한 용도라고 하기에는 너무 많은 양이었다. 네 확신이 틀렸을 수도 있어. 직감이 경고했다. 나는 비닐도 뜯지 않은 붕대를 엄마 앞에 내밀었다.

"이게 뭐야?"

"목매는 게 가장 좋을 것 같아서."

엄마가 멋쩍은 듯 말했다. 상황은 내가 느꼈던 것보다 훨씬 심각했다. 엄마를 말려야 한다.

"엄마, 목을 매면 괄약근이 풀려서 오줌도 싸고 똥도…

알지?"

"그래, 안 그래도 그게 걱정이긴 해. 아빠는 너희 오기
전에 깔끔하게 치워줄 수 있는 사람이 아니잖아."

역시나 엄마의 얼굴이 어두워졌다. 엄마는 더럽고 추한
것을 극도로 싫어했다. 머리를 안 감거나 세수하지 않고 밖
에 나가는 건, 집 앞의 편의점이라고 해도 상상할 수 없는
사람이었다. 그런 사람인 만큼 죽음도 청결하길 원한 것이
다. 그날 밤, 나는 압박 붕대를 갖고 집에 돌아왔다.

엄마가 전이 판정을 받고 나서 우리는 매일 죽음에 대해
생각했다. 생각할 수밖에 없었다. 엄마는 삶과 죽음의 경계
에 있는 사람이었고, 우리는 그런 아슬아슬한 나날을 '죽음
이행기'라고 불렀다. 죽음 이행기에서는 타인의 눈에 비상
식적으로 비칠 수 있는 일들이 일상적으로 일어난다. 엄마
의 자살 방법에 대해 농담처럼 이야기를 나눴듯이.

나는 엄마가 떠나기를 원하지 않는 것만큼이나, 엄마가
참기 힘든 고통을 겪고 있다는 사실이 싫었다. 왜 엄마가
이런 아픔을, 괴로움을 겪어야 하나? 깊이 생각하면 할수
록 증오할 대상이 없는 증오심만 끓어올랐다. 나는 무용한
분노를 가라앉히기 위해 애썼다. 진정 엄마를 위하는 길이

무엇일까?

"엄마, 아빠가 못 하면 내가 치워줄게."

여전히 실제로 일어나지는 않을 거라는 믿음으로, 그래도 혹시 하는 마음으로 말했다. 엄마가 진심으로 원한다면, 뒤처리를 도와주고 싶었다.

"어떻게?"

"엄마가 그렇게… 하기 전에 나한테 연락해."

"내가 죽을 거라는 연락을 하라고?"

"응. 그럼 내가 바로 와서 치울 테니까. 잘 씻기고, 깨끗한 옷으로 갈아입히고 119에 연락할게."

"너한테 죽는다는 말을 남기면 넌 자살방조죄가 될 텐데?"

"그럼 죽는다고 하지 말고 암호를 보내."

"암호?"

"산티아고에 비가 내린다. 어때?"

"왜 하필 산티아고야?"

나는 엄마가 들어본 것도 같다는 이 문장의 의미를 간략히 설명했다. 1973년 칠레 군부가 민주 정권을 상대로 일으킨 쿠데타의 비밀 암호라고. 엄마는 암호가 마음에 들지 않는 듯 시큰둥하게 웃다가 고개를 끄덕였다. 나도 따라 웃다가 덜컥 겁이 났다.

설마, 진짜로 실행하지는 않겠지?

여기까지 생각이 미치자 또 다른 걱정이 생겼다. 백번 양
보해서, 엄마의 고통이 끝나는 것은 좋다. 그러나 엄마가
외롭게 혼자 가는 건 싫다. 엄마는 나와는 다른 이유로 주
저했다. 미수에 그칠까 봐, 그래서 더 나쁜 상황에 이르게
될까 봐.

역시 자살은 해결책이 아니다. 나는 엄마에게서 자살하
지 않겠다는 약속을 받아냈다. 그리고 침대에 누워 머리를
맞댄 채 고민했다. 엄마의 삶을 마무리할 좋은 방법을.

얼마간의 시간이 흐르고, 엄마가 말했다.

"엄마도 스위스 갈까?"

나는 "스위스"가 무슨 뜻인지 정확히 알고 있었다. 영화
〈미 비포 유〉에서 남자 주인공이 선택한 죽음. 그리고 우리
가 함께 봤던 〈우아한 죽음〉이라는 다큐멘터리. 이들은 허
구의 세상에서 혹은 실제로 조력사망을 택했고, 그것을 실
행하기 위해 스위스에 갔다. 엄마는 〈우아한 죽음〉의 주인
공인 영국인 재닛이 부럽다고 몇 번이나 말했었다.

"응."

나는 엄마를 말리지 않았다. 말릴 수 없었다. 오히려 안 도했다. 엄마가 자살이라는 방법으로 혼자 외롭게 떠나지 않아도 되니까. 스위스에 간다면, 산티아고에 비가 내리지 않아도 된다.

우아한 죽음

엄마와 함께 다큐멘터리 〈우아한 죽음(The Good Death)〉을 다시 봤다. 이제는 단순한 부러움을 넘어 우리도 실행한다는 관점으로 공부하듯이 차근차근.

재닛 버틀린은 지대형 근위축증이라는 불치병을 앓고 있다. 근육이 점차 힘을 잃어가는 유전병으로, 침대에서 몸을 일으키는 것조차 힘들다. 더구나 재닛은 어머니가 같은 병으로 30년 동안 의자에 앉아 투병하는 모습을 지켜보았다. 참기 힘든 고통과 갈수록 나빠질 것이 예측되는 상황. 그는 안락사를 원하지만, 안락사를 법으로 허용하지 않는 영국에서는 재닛의 소망을 노인성 우울증으로 여길 뿐이다. 결국 재닛은 스위스행을 선택한다. 그는 자신의 결정을

산티아고에

인간의 기본적인 권리라고 당당하게 말하며, 안락사를 반대하는 종교인들에게 반문하기도 한다. 오늘날 죽음에 이르는 과정에서 인간이 겪는 고통이 과연 신의 의지냐고, 자연스럽게 죽음에 이를 사람을 소생시키는 건 인간이 아니냐고.

나도 재닛의 의견에 동의한다. 오늘날 의학의 발달은 인간의 평균수명을 연장했지만 삶의 질, 건강 수명까지 보장해주지는 못한다. 안락사는 자살이 아니다. 병으로 인한 죽음이며 고통의 시간을 줄이는 방법이다.

다큐멘터리는 그의 결정을 둘러싼 주변인의 반응도 섬세하게 살핀다. 딸은 날짜를 늦추기 위해 아직 정하지도 않은 결혼식 핑계를 댄다. 오랜 기간 연락을 끊고 지냈던 아들은, 본인도 같은 병을 앓고 있기에 어머니의 선택을 이해한다. 재닛은 지인의 아이들에게는 미국으로 간다고 거짓말을 하고, 요양원에 있는 남편과는 담담한 작별 인사를 나눈다.

엄마는 재닛에게, 나는 영화 속 다양한 인물에게 감정이입을 하며 보았다. 엄마의 결정은, 모두의 지지를 받지는 못할 것이다. 그렇지만 무엇보다 중요한 건, 엄마가 자신의 마지막을, 삶을 마무리하는 방법을 스스로 선택했다는 사실이다. 그것이 엄마의 방식이다. 나는 엄마를 지지한다. 나의 때가 오면, 나도 엄마와 같은 선택을 할 것이다.

영화의 마지막에 이르러 의사는 재닛에게 묻는다. 오늘 당신의 인생을 마감하고 싶은 게 확실합니까? 네, 그렇습니다. 엄마와 나는, 재닛이 직접 주사 밸브를 열고 생을 마감하는 모습을 숨죽여 지켜봤다. 제목 그대로 우아한 죽음이었다. 의사 에리카도 신뢰가 갔다.

우리는 에리카가 대표로 있는 조력사망 기관인 '이터널 스피릿'으로 마음을 정했다. 그런데 홈페이지에서 회원 가입에 관한 안내를 찾을 수가 없었다. 공지사항을 살펴보니 이터널 스피릿에서는 더 이상 외국인 회원을 받지 않는다는 내용이 있었다. 스위스뿐만 아니라 더 많은 나라에 조력사망이라는 선택지가 있기를 바란다는 이유였다. 불과 열흘 전 공지였다.

조바심을 내며 다른 기관을 알아봤다. 두세 군데를 찾을 수 있었는데 가장 역사가 긴 곳은 1998년 설립된 '디그니타스'였다. 언론에도 자주 언급되는 곳이었다. 하지만 디그니타스는 이터널 스피릿과 달리 스스로 약을 먹어야 했다. 나는 그 점이 우려스러웠다. 예전에 유튜브에서 우연히 안락사하는 할머니의 모습을 본 적이 있었다. (그가 미셸 코스라는 프랑스 작가이고, 2010년, 일흔네 번째 생일에 디그니타스에서 생을 마감했다는 사실은 나중에 알았다.) 안락사를 위한 약물을 마신 뒤 초콜릿을 먹고 웃으며 간호사와 얘기를 나누던 그는 마지막 순간, 두려워하는 눈빛으로 허공을 훑었다. 그리고 곧 잠들었다. 힘겨워 보이지는 않았고 두렵다는 건 단순히 내 감정을 덧씌운 걸 수도 있지만 그 눈빛이 내 마음에 새겨져 있었다. 게다가 주사는 자기 손으로 밸브를 돌리기만 하면 되지만 약은 직접 마셔야 하는 더 능동적인 행위이다. 되도록 주사로 하면 좋을 텐데 달리 방법이 없었다.

"엄마, 디그니타스는 약을 마셔야 한다는데, 그래도 괜찮겠어?"

"약이든 주사든 상관없어."

"정말?"

"응. 약이 더 좋을 것 같아. 평생 주삿바늘을 찌르고 빼느라 아팠는데 마지막 순간까지 그러고 싶지는 않네."

씩씩한 대답에 한시름 덜었다. 엄마가 진심으로 그렇게 생각했는지 나를 달래기 위해 한 말인지 이제 알 방법이 없지만.

우리는 디그니타스에 가기로 했다.

언제 끝날지 알 수 없는 고통에 시달리지 않을 수 있다. 그 고통을 끝낼 시기를 직접 정할 수 있다. 그 가능성만으로도 엄마는 조금 밝아졌다. 자신이 원할 때 죽을 수 있다는 사실이, 역설적이지만 엄마에게 희망이 된 것이다. 그것은, 절대로 죽고 싶어서가 아니다. 천재지변처럼 예고 없이 찾아오는, 고문처럼 가혹한 통증을 끝낼 방법이 죽음밖에 없었기 때문이다.

가자, 스위스로.

죽음을 예약하다

2022년 12월 1일, 디그니타스에서 첫 번째 메일을 받았다.
홈페이지를 통해 회원 가입을 문의한 뒤 받은 메일이었다.
(원칙적으로는 조력사망을 원하는 당사자가 보내야 하지만
영어로 의사소통을 해야 하므로 내가 대신 보냈다. 다만 모든
과정을 엄마에게 실시간으로 공유했다.) 나는 가입 신청서에
엄마의 이름, 성별, 주소, 생년월일 등의 개인정보를 적어
회신했다.

　디그니타스에서 보낸 그다음 메일에는 세 가지 서류가
첨부되어 있었다. 하나는 회원 가입에 대한 전반적인 안내
문, 다른 하나는 가입비인 280 스위스프랑을 보낼 계좌 안
내서, 마지막 하나는 환자 지침서/사전 지시서(Patient's In-

structions/Advance Directive)였다. 환자 지침서는 조력사망이 온전한 자기 결정임을 증명하는 법적 문서였다. 나는 영어로 된 서류를 번역해 엄마에게 보내주었다. 장기 기증에 대해서도 물어보네? 엄마가 환자 지침서 아래 딸린 추가 지침 항목을 짚었다. 추가 지침에는 사망 후 시신을 연구용으로 기증할지, 장기를 기증할지 여부를 체크하는 문항이 있었다. 엄마는 평소 다니던 병원에 시신을 기증하고 싶다고, 사용할 수 있는 장기가 남아 있다면 기증도 하고 싶다던 사람이었지만 스위스에 가서까지 장기 기증을 하고 싶지는 않다고 했다. 당연히 나도 원하지 않았다.

또 다른 안내 메일에서 디그니타스는 한국존엄사협회를 소개해주었다. 한국에서 존엄사를 위한 활동을 하는 단체이니 궁금한 점이 있으면 연락해보라는 취지였다. 나는 협회 대표에게 장기 기증 항목에 대해 문의했다. 대표는 하지 않겠다고 표시하면 걱정할 필요는 없을 거라고 했다. 나도 90% 정도는 그렇게 생각했다. 엄마는 아니었다. 안 한다고 했어도 그들이 하면 그만이잖아? 유럽에서 보기 드문 아시아 할머니니까 실험 대상이 될 수도 있지 않을까? (지금 시점에는 엄마의 우려가 비단 장기 기증만이 아니었을 거란 생각이 든다. 죽는 일을 결정하는 것은 결코 단순한 문제가 아니

다. 아무리 굳건한 의지를 가진 엄마라도 마음이 흔들렸을 것
이다.) 걱정하던 엄마는 디그니타스에 가지 않겠다고 했다.
다른 사람들처럼 떠날 거야. 병원에 가든 어떻게 되든.

며칠 뒤인 12월 21일, 위장으로도 암세포가 전이되었다
는 결과가 나왔다고, 엄마가 메시지로 알려주었다. 나는 바
로 엄마에게 전화했다.

"내과에서 전이됐다고 했어?"

"응. 내시경 결과를 보는데 엑스레이에 암세포가 하얗게
씨를 뿌렸더라. 이번에 대퇴골로 전이되면서 같이 된 것 같
대."

"항암 약이 안 맞는 거 아냐? 대퇴골로도 가고, 위장으
로도 가고."

"그래도 그 약 먹으면서 한 2년 살았잖아. 결국은 항암
내성이 생겨서 그렇게 된 거야."

나는 통화 시작부터 울었고, 엄마는 담담한 척 얘기하다
울었다. 내과 의사가 세부적으로 치료하려면 종양내과 의
사와 회의를 하고, 내시경으로 암세포를 떼어내 검사해야
하는 등 절차도 복잡하고 환자도 힘들 거라고 말했단다. 아
무래도 나이가 많으니까 그런 것도 있겠지, 생각한 엄마는
약만 달라고 해서 나오며 의사에게 인사했다. 그동안 고마

왔습니다, 선생님.

나이가 들면 암의 진행 속도도 더디다던데 엄마의 암은 왜 전이에 전이를 거듭하는 걸까. 통증에 시달리는 엄마를 조금이라도 편하게 하고자 하는 마음에 종합병원 호스피스를 알아봤다. 하지만 호스피스에는 엄마보다 상태가 더 심각한, 거의 임종기에 들어간 환자들이 우선적으로 갈 수 있었다. 오랜 시간을 기다려 들어가게 된다고 해도 그곳 방 침상 최대 2주가 지나면 퇴원해야 했다. 다른 곳을 알아보겠다는 나를 엄마가 만류했다. 요양병원은 어때? 싫어. 엄마는 완강히 거부했다. 일단 독한 마약성 진통제를 먹으며 견뎌봐야지. 엄마의 아래턱이 힘없이 떨렸다.

크리스마스이브, 엄마는 다시 디그니타스에 가고 싶다고 했다.

"엄마가 스위스에 가다 죽더라도 감당할 수 있어? 네가 너무 힘들까 봐 그게 걱정이다."

"가다 안 죽어. 그리고 난 괜찮아. 엄마가 너무 힘든 게 나는 더 힘들어."

요양병원이든 디그니타스든 엄마가 원하는 대로 해주고 싶었다. 엄마는 조금 더 생각해보겠다고 했다. 통증이 심해지면서 엄마는 내가 쓴 글도 읽기 힘들어했다. 한두 시간 집중해 영화를 보는 것조차 불가능한 일이었고, 정신을 팔기 위해 할 수 있는 건 틱톡 정도였다. 간혹 재미있거나 유익한 정보가 있으면 내게도 공유해주었다. 한번은 엄마 무덤 앞에서 우는 아이를 관 속에 누워 있던 엄마의 영혼이 나와 안아주는 애니메이션을 보냈다. 나는 그 영상을 몇 번이나 보고 또 보았다.

2023년 1월 10일, 마지막이 된 엄마의 생일.
평소처럼 집에서 글을 쓰는데, 문득 엄마를 꼭 만나야겠다는 생각이 들었다. 매년 그랬던 것처럼 주말에 만나서 밥을 먹자는 약속을 해놨지만 어쩐지 생일 당일에 축하해주고 싶었다. 백화점 지하 식품관에서 엄마가 좋아하는 메로구이와 자그마한 생일 케이크를 사서 엄마네 집에 갔다. (일흔아홉 번째 생일이지만 엄마가 여든이라고 주장했으므로) 여덟 개의 촛불을 켜고 소원을 빌었다. 눈을 감고 두 손을 모은 엄마는 어떤 소원을 빌었을까. 아빠랑 내가 생일 축하 노래를 부르고, 엄마가 음치인 나를 놀리고, 우리는 또 함께 웃으면서 울었다.
1월 16일에는 JTBC의 기자로부터 연락을 받았다. 우리

나라에서 디그니타스 회원으로 가입한 사람이나 그 가족을 만나 이야기를 듣고 싶다고 했다. 나는 엄마가 회원 가입을 진행하다 포기한 상태라고 했지만 기자는 디그니타스에 가입하게 된 계기나 준비 과정에 관해서라도 이야기를 나누고 싶다고 했다. 엄마에게 이러저러한 사정으로 내게 인터뷰 요청이 왔다고, 엄마 생각은 어떠냐고 물었다. 엄마는 인터뷰에 응하면 좋겠다고, 다만 사람마다 생각이 다를 수 있는 사안이니 내 얼굴이나 가족사진에는 모자이크 처리를 해야 한다고 했다. 뉴스는 3월 3일에 보도되었다. "조력사망 희망 한국인 회원 117명 … 아시아 국가 중 최다"라는 제목의 기사였다.

나는 인터뷰에서 우리가 놓인 역설적인 상황에 대해 말했다.

"죽을 수 있단 희망이 오히려 살아갈 희망이 되는 거예요. 그 선택지가 국내에 있다면 남은 나날이 훨씬 행복할 것 같은데…."

화면에는 디그니타스 가입 서류, 엄마 사진과 가족사진이 차례로 비쳤다. 얼굴은 흐릿하게 처리되었고, 내 목소리도 변조되어 나갔다. 뉴스를 본 엄마는 "괜히 얼굴 가렸나?" 혼잣말하듯 말했다.

그로부터 일주일 뒤인 3월 10일, 엄마는 디그니타스에 가기로 결심했다.

디그니타스에 첫 번째 메일을 보낸 뒤 100일의 시간 동안 엄마는 결정을 여러 번 번복했다. 망설이고 주저했다. 가지 않겠다는 말을 처음 들었을 때는 솔직히 안도했다. 엄마의 죽음을 예약하지 않아도 된다니, 마음을 짓누르던 부담감이 옅어졌다. 엄마가 호스피스 알아보는 일을 포기하라고 했을 때는 더럭 겁이 났다. 이번에는 내게 알리지 않고 극단적인 선택을 하려는 게 아닐까 두려웠다. 그럴 바에는 스위스에 가든 가지 않든 회원 가입은 하는 편이 나을 것 같았다. 그러나 이것들은 전부 내 입장일 뿐, 엄마가 어떤 마음으로 최종 결정을 내렸는지 나로서는 알 길이 없다. 다만 한 가지는 희미하게나마 알 수 있다. 스스로 죽음을 계획하고 준비하고 마침내 떠나는 날을 정할 때까지 엄마는 무척 외로웠을 것이다. 그 곁에서 나는 엄마보다 나를 먼저 달래기에 급급했다니….

다시 실질적인 준비를 해야 했다. 우선 엄마가 궁금해하는 것들을 정리해 디그니타스에 문의 메일을 보냈다.

　– 죽는 날을 결정할 수 있는가? 만약 결정할 수 있다면, 내가 원하는 때 언제든지 가능한가?
　– 회원 가입을 한 뒤 조력사망할 수 있는 기간이 제한되어 있는가?
　– 우리가 원하는 날을 보내면 디그니타스에서 사망일을 정하나?
　– 현실적으로 내 여명은 1, 2년 정도인 것 같은데 위 사항들에 대해 확실히 알고 싶다.

　디그니타스에서는 그린라이트(조력사망 허가)를 받은 다음 우리가 원하는 날짜를 정할 수 있다고 했다. 우리는 지난번 보류했던 회원 가입비를 송금하기 위해 은행에 갔다. 은행 담당자가 디그니타스가 어떤 곳인지 물었다. 엄마는 해외 보험기관 같은 곳이라고 둘러댔다. 우리나라에서는 불법이므로 조력사망 기관입니다, 할 수는 없었다. 엄마는 그 은행의 오랜 단골이었기에 담당자는 고개를 갸웃하면서도 송금 처리를 해주었다. 나는 안쓰러운 마음으로 의자에 앉은 엄마의 어깨를 어루만졌다. 한 사람의 인생을 건

중대한 결정인데 솔직히 드러내어 말할 수 없다니.

　마침내 엄마는 디그니타스의 정식 회원이 되었다. 회원
이어야만 그린라이트를 신청할 자격이 있었고, 그린라이트
를 받으려면 세 가지 서류를 보내야 했다. 영문 의료 기록
서, 라이프 리포트(life report, 자신의 간략한 일대기부터 조
력사망을 하려는 이유, 누가 스위스에 동행하는지까지를 적는
다), 디그니타스에 조력사망을 요청한다는 자필 서명 편지
(signed letter). 이 서류들은 발급된 날로부터 6개월까지만
유효하므로, 구체적인 날짜를 고민한 뒤 그린라이트를 신
청하기로 했다. 3월 말. 그때 우리는, 우리에게 1년의 시간
은 더 있다고 막연히 생각하고 있었다. 엄마가 말했다.
　"내년 봄에 네 생일 지나고 가면 좋겠다."

엄마, 그린라이트 받았어

"딸, 아무래도 내년 생일까지 못 버틸 것 같아."

5월 6일. 내 생일이 지났을 때였다. 극심한 통증에 시달
리고 난 듯, 목소리에 기운이 하나도 없었다.

"그럼 엄마 생일 지나고 갈까?"

"아니, 그것도 힘들 것 같아."

엄마는 올해 10월 말에, 3년짜리 적금이 만기된 다음 가
자고 했다. 나는 속상한 마음에 고작 적금 만기가 뭐 그리
중요하냐고 했고, 엄마는 중요한 거야, 하고 말했다. 그렇
게 적금 만기일을 기준으로, 10월 31일이 잠정적인 이별의
날이 되었다.

우리는 그린라이트를 받기 위해 본격적으로 움직였다.

디그니타스에서 요구하는 서류를 준비하는 과정은 시행착오의 연속이었다. 나는 엄마가 손으로 직접 쓴 라이프 리포트를 영문으로 번역했다. 그런데 극심한 통증으로 인해 우울하다(depressed)는 표현을 쓴 게 문제가 되었다. 조력사망을 하기 위해서는 제삼자의 개입이나 우울감에 치우치지 않은 온전한 자기 결정임을 증명하는 것이 무엇보다 중요했다. 디그니타스에서는 엄마에게 우울 병력이 없는지 확인 서류를 요청했다. 나는 질병으로 인한 신체의 고통 이외에 문제가 없음을, depressed라는 단어는 고통을 은유적으로 말한 것이고 문화적 차이에서 온 표현의 오류일 뿐이었다고 해명했다.

영문 의료 기록도 두 번이나 제출했다. 첫 번째 서류가 너무 간략해 디그니타스가 보강을 요청한 것이다. 얼마나 자세해야 하는지 문의하고 직접 내용을 작성해 병원 측에 이렇게 써달라고 했다. 병원에서 용도를 묻자, 엄마는 이번에도 외국 보험기관 제출용이라고 둘러댔다. 영문 의료 기록서를 받으러 갔을 때 주치의가 코로나에 걸려 임시로 다른 의사를 만난 건 오히려 행운이었다. 엄마는 주치의에게 조력사망하고 싶다는 이야기를 한 적이 있고, 그가 기억한다면 순순히 서류를 발급해주지 않을 수도 있었다. 이래저래 긴장을 풀 수 없는 날들이었다.

나는 디그니타스와 계속 메일을 주고받았다. 한 단계 한 단계 앞으로 나아갈 때마다 마음의 무게는 감당하기 어려울 만큼 무거워졌다. 엄마 죽음의 선봉장이 되어 나팔을 불고 깃발을 흔드는 내 모습이 머릿속에 그려졌다. (해골 말 위에 올라탄 나, 심장을 도려낸 가슴에서 피가 흘러넘친다. 잿빛 하늘에는 검은 날개를 가진 무언가가 날아다닌다.) 그런데도 엄마의 의견을 존중해야 했다. 그린라이트를 받도록 최선을 다해야 했다. 누구보다 삶을 사랑하는 엄마의 선택이 죽음보다 더한 고통에서 왔다는 것을 알기에.

스위스에 가면 의사와 두 차례의 인터뷰를 하게 된다. 신청자에게 확실히 죽을 의향이 있는지, 순수한 자기 결정에 따른 일인지 의사가 확인하기 위해서다. 그린라이트를 신청하고 기다리는 동안, 우리는 인터뷰에 대비해 예행연습을 하기도 했다.

"Do you want to die(당신은 죽기를 원합니까)?"

"Yes, I want to die(네, 나는 죽고 싶어요)."

"Do you know what will happen(무슨 일이 일어날지 알고 있습니까)?"

"I will die(나는 죽을 거예요)."

연습하고 나서도 엄마는 자꾸만 두 문장을 반복했다. I want to die, I will die. 영어를 전혀 못 하는 것도 아니면서 그 말을 굳이 반복하는 엄마가 미웠다. (지금도 그 마음을 온전히 이해할 수는 없지만, 어쩌면 엄마는 그 말을 반복하며 자신의 결심을 다진 것인지도 모른다.) 나는 퉁명스럽게 말했다.

"엄마, 그거 왜 자꾸 말해?"

"좋아서 그래."

"뭐가 좋아? 나는 안 좋아. 엄마, 나는 힘들어. 난 엄마 죽음에 앞장서는 거 같아서, 너무 힘들다고."

"그래?"

엄마의 표정이 싸늘해졌다. 한순간 낯설게 보이는 얼굴.

"그럼 하지 마. 다 관두자. 스위스 가지 말자. 내 팔자에 무슨 호강이야?"

표정이 일그러지는가 싶더니 엄마가 소리 내어 울었다. 나는 엄마를 달래지도 못하고 거실 한가운데 어정쩡하게 서 있었다. 호강이라니, 머리가 멍했다. 엄마가 이 일에 호강이라는 단어를 쓸 줄은 몰랐다. 엄마는 여행을 좋아했지만 젊어서는 자식을 키우느라, 나이가 들어서는 병치레를 하느라 많이 다니지는 못했다. 그런 엄마에게 스위스에 가서 마지막을 맞이하는 건 호강이었을까?

우는 엄마를 끝내 달래지 못하고 돌아왔다. 택시 안에서 다른 날보다 더 많이 울었다. I want to die. I will die. 엄마의 목소리가 귓가에 울렸다. 알았어, 엄마. 엄마 하고 싶은 대로, 엄마 편한 대로 해.

7월 3일 밤 11시 50분, 디그니타스로부터 그린라이트를 받았다. 메일 제목은 "Provisional green light", 잠정적 그린라이트였다. 첨부된 문서에는 이런 내용이 적혀 있었다.

의사가 엄마의 조력사망에 동의했으므로 두 번의 면담 후에 처방전을 쓸 수 있다. 디그니타스는 그 처방전에 따라 펜토바르비탈나트륨을 얻을 수 있다. 환자는 원하는 날에 디그니타스에서 운영하는 블루하우스에서 생을 마감할 수 있다. 자신들의 경험에 비추어 볼 때 그린라이트는 환자의 상태를 개선시킬 수 있으며, 삶을 더욱 견딜 만한 것으로, 심지어 어느 정도 즐길 수 있게 도와준다.

엄마와 내가 이야기했던 '죽을 수 있다는 희망'과 연결되는 지점이었다. 회복 불가능한 병을 앓고 있는 환자에게는 끝을 모르는 고통이 계속된다는 것이 죽음보다 두려운 절망이므로.

자정이 훌쩍 넘을 때까지 나는 문서 상단에 초록색으로 쓰인 "DIGNITAS: To live with dignity, To die with dignity"라는 문구, 그 아래 적힌 엄마의 이름과 주소, 그리고 Provisional green light라는 글자를 보고 있었다. 잠정적이라는 단어가 이상하게 위로가 되었다.

다음 날 아침, 공교롭게도 일전에 만났던 L 기자가 연락해왔다. 그가 엄마의 근황을 묻자 밤새 고여 있던 말이 튀어나왔다. 엄마가 그린라이트를 받았고, 스위스에 가게 되었다고. 기자는 가능하다면 스위스에 동행하고 싶다고, 엄마를 촬영해 다큐멘터리로 만들고 싶다고 했다. 갑작스러운 제안이었다. 엄마랑 상의해보겠다고 했지만 이걸 전달해야 할지 판단이 서지 않았다.

엄마에게 함께 이른 저녁을 먹자고 했다. 그린라이트를 받았다고, 전화로 말할 수는 없었다. 반드시 엄마의 눈을 보며 말해야 하는 일이었다. 전날 우리 동네로 와 해삼탕을 먹은 엄마는 맨날 외식이냐고 타박하면서도 택시를 타고 내가 예약한 고깃집으로 왔다. 여우비가 오락가락하는 날이었다. 나는 식당 앞으로 나가 엄마에게 우산을 씌워주었다. 웬일이야, 딸내미. 안 하던 짓을 하고. 힘겹게 걷는 엄마를 부축하면서도 얼굴을 똑바로 보지 못했다.

"엄마, 그린라이트 받았어."

원래는 밥 먹고 나서 말하려 했는데 자리에 앉자마자 눈물이 쏟아졌다.

"대충 눈치는 챘어. 갑자기 저녁 먹자고 하길래."

엄마는 아무렇지도 않은 척 말했다. 아빠의 입술은 언제나처럼 일자로 닫혀 있었다.

우리는 불고기를 먹었다. 맛집이라고 일부러 찾아간 식당이었지만 맛을 느낄 수 없었다. 그래도 메밀면까지 추가해 알뜰히 먹었다. 다큐멘터리 이야기를 할까 말까 망설이다가 말하기로 했다. 엄마의 다큐멘터리이니 알리는 게 맞다고 생각했다. 일단 만나보자. 엄마의 대답은 산뜻했다.

저녁을 먹고 나서 엄마 집으로 갔다. 침대에 누워 밤늦게까지 이야기를 나누다 한 침대에서 잠이 들었다. 잠결에도 아픈 엄마에게 방해가 될까 봐 구석에 몸을 붙이고 잤다.

"같이 자느라 안 불편한가?"

이른 새벽, 아빠 목소리가 들렸다.

"응, 저러고 가만히 자네. 신통하게."

엄마는 내 마음을 다 안다. 나는 엄마 마음을 모른다.

"여권 만들러 가자."

다음 날 아침부터 엄마가 서둘렀다.

"아직 스위스 가려면 멀었는데?"

"미리미리 준비해야 좋은 거야."

동네 사진관에서 증명사진을 찍고, 구청에 가서 여권을 신청했다. 여권은 열흘 뒤인 7월 14일에 나왔다. 여권을 찾고, 포토존에서 사진을 찍었다. 혼인신고 한 커플을 위한 포토존이라 배경에 Just married라고 쓰여 있었다. 엄마는 못 나온 건 얼른 지우라고 잔소리하고, 나는 못 나온 사진이 더 좋다며 웃었다.

구청에서 나오는데 입구 화단에 조롱박이 열려 있었다.

"저것 좀 봐. 귀엽다."

엄마가 손가락만 한 조롱박을 가리켰다. 나는 얼른 조롱박을 땄다. 줄기가 질겨 억지로 쥐어뜯어야 했다. 엄마가 못된 짓이라며 나를 꾸짖었고 나도 금세 후회했다. 우리의 시간이 얼마 남지 않았는데, 내가 엄마를 위해 해줄 수 있는 일은 초라하기 짝이 없었다.

디데이, 잘려나간 시간들

여권을 받은 다음 날부터 나는 우리의 남은 시간을 기록하기로 했다. 처음 우리의 디데이는 2023년 10월 31일. 7월 15일 기준으로 108일 전이었다. 이것은 그날들의 메모다.

D-108   7월 15일
엄마가 스위스에 가는 날로 디데이 알림 설정을 했다. (스위스에 가도 의사 면담 등의 절차가 남아 있으므로 그날이 엄마가 죽는 날이라는 의미는 아니다.) 그날까지 엄마 집에서 살겠다니까 엄마가 만류했다. 네가 계속 옆에 있으면 엄마가 진짜 아픈 사람이라는 생각이 들어서 힘이 더 빠질 거야. 그래도 나는 최대한 많은 시간을 함께 보내고 싶다.

출판사로부터 12월 7일에 강연해달라는 요청을 받았다. 12월 7일이라는 날짜를 들은 순간, 그때는 엄마가 없어, 하는 작은 소리가 들리는 듯했다. 일단 수락했는데 엄마가 죽은 다음의 내가 어떨지 상상이 가지 않는다. 확실한 건 내 인생이 엄마가 있던 시기와 없는 시기로 나눠진다는 것뿐.

D-105   7월 18일
엄마가 내게 카톡을 보냈다.
엄마: 날짜, 10월 말에서 더 앞당길 수 있어?
나: 3주 전에만 알려주면 된다고 했는데, 왜?
엄마: 그냥 물어봤어. 다리 통증이 너무 심해서. 무릎 힘도 갑자기 떨어지고.
그냥 물어본 게 아니란 걸 직감했다. 대화창 화면에 눈물이 떨어졌다.
엄마: 자꾸 울면 머리 아파. 기분 좋게 삽시다. 내 아가, 까꿍.
내가 우는 걸 본 것처럼 엄마가 이모티콘과 함께 메시지를 보냈다. 엄마는 출국일을 9월 12일로 당기고 싶다고 했다. 10월 말까지 버틸 자신이 없다고.
나: 왜 하필 12일인데? 9월 말에 가면 안 돼?

엄마: 월말에는 추석이 있어서 붐빌 것 같아.

우리끼리 잠정적으로 정하고 디그니타스에 알리는 건 좀 더 두고 보기로 했다. 되도록 10월 말에 가고 싶은 마음은, 엄마나 나나 마찬가지였다.

D-103   7월 20일

엄마가 A 병원 종양내과에 치료 중단 의사를 밝혔다. 의사는 그제야 폐로도 전이된 사실을 말하며 자기 가족이라면 묶어놓고라도 항암 치료를 하겠다며 반대했다. 하지만 엄마의 의지가 강했다. 대신 치료 중단으로 인해 일어나는 일은 전부 본인 책임이라는 서류를 몇 개나 작성해야 했다. 의사한테 몇 마디 하려다 그냥 나왔어. 이제 병원에 갈 일은 없다. 엄마가 홀가분한 듯이 말했다.

나야말로 병원에 같이 가서 주치의라는 사람에게 몇 마디 할 걸 그랬다는 생각이 들었다. 왜 약을 먹어도 전이가 계속되었는지, 암세포가 퍼져나간다면 약을 바꿨어야 하는 게 아닌지, 애당초 6개월마다 정기검진을 하면서도 왜 전이 사실을 더 일찍 알아내지 못했는지. 하지만 누구를 원망한다고 해서 엄마가 낫지는 않는다. 만약 그런 식으로 나을 수 있다면 나는 저주의 의식이든 원망 굿이든, 밤새도록 할 수 있다. 내

보잘것없는 영혼을 팔아서라도.

D-53   7월 21일

아무리 아픈 날에도 나보다 먼저 일어나 산책 가자던 엄마가 요즘은 침대에 누워만 있으려고 한다. 아빠가 걱정스럽게 말했다. 약 복용을 중단해서일까? 상태가 급속도로 나빠지고 있었다.

결국 엄마는 9월 12일에 가기로 했다. 남은 날짜가 반으로 잘렸다. 53일이라니, 함께할 날이 두 달도 남지 않았다.

L 기자와 집 근처의 스튜디오에서 사전 인터뷰를 했다. 기자는 집에서 만나기를 바랐지만 엄마는 타인에게 집을 공개하는 걸 원하지 않았다. 엄마는 안과 밖의 구분이 철저한 사람이다. 옷을 입을 때도 집에서는 무조건 편하게, 외출할 때는 우아하고 단정하게 차려입는다. 그런 엄마니까 자신의 내밀한 공간—오랜 투병으로 편리함에만 최적화된 곳—을 다른 이에게 보여주고 싶지 않았을 것이다.

엄마는 기력이 딸려 침대에 누워 인터뷰하면서도 놀랄 만큼 말을 잘했다. 한 시간 남짓 이야기를 나눴고, 간혹 마른기침을 했지만 목소리에 힘이 있었다.

그린라이트를 받기 위해 준비하는 과정은 어떠셨어요? 기

자가 물었다.

심적으로 부담감이 컸을 텐데 도와준 딸에게 고맙죠. 그런 일은 아무나 할 수 없어요. 아마 전생에 우리가 부부였나 봐요.

집에 오는 길, 나는 전생에 누가 남편이었을 거 같냐고 물었다. 글쎄, 엄마는 알고 있지만 가르쳐주지 않겠다는 듯 웃기만 했다.

전생에 부부, 현생에 모녀, 다음 생에 우리는 어떤 모습으로 만날까?

D-52   7월 22일

엄마가 다큐멘터리를 찍겠다고 했다. 엄마는 자신처럼 치료 불가능한 병으로 고통받는 사람들에게 이런 방법도 있다는 걸 알려주고 싶다는 신념이 있었다. 극심한 통증을 느껴본 사람이 아니라면 할 수 없는 생각이었다.

그렇다면 나는?

나는 엄마의 결정을 지지할 수만은 없었다. 죽음은 사적인 영역이다. 가족이 아닌 제삼자가, 엄마의 죽음─의 과정─을 촬영하는 걸 말려야 하지 않을까?

18일의 시간이 사라진 게 아니다. 게을러서 기록을 멈춘 것도 아니다. 엄마의 몸 상태가 급격히 악화되어 일정을 앞당겼다. 우리는 디데이 설정을 다시 했다.

산책을 가자고 한 건 나였다. 평소보다 조금 멀리 가자고 한 것도. 완만한 내리막길에서 엄마가 넘어졌다. 미끄러진 것도 아니고, 다리에 저절로 힘이 빠져 주저앉듯 엉덩방아를 찧었다. 나는 엄마를 일으킬 힘조차 없었다. 건너편 운동장에 있던 아저씨에게 도와달라고 소리쳤다. 처음에는 무슨 일인지 몰라 주저하던 아저씨는 내가 다급하게 울부짖자 달려와 도와주었다.

엄마가 벤치에 앉아 쉬는 동안 아저씨와 잠시 대화를 나눴다. 아저씨는 '해죽순' 물이란 게 건강에 좋다며 자기 휴대폰에 있는 사진까지 보여주었다. 본인도 각혈할 정도로 기침이 심했는데 해죽순 물을 마시고 나았다고 자랑했다. 나는 그 아저씨가 물건을 팔려 한다고 생각했지만 엄마는 그저 고맙게 받아들였다. 해죽순 물로 나을 수 있다면 그걸로 목욕이라도 시킬 텐데.

아저씨가 가고도 한참을 쉬다가 집에 돌아와 함께 목욕했다. 엄마는 내가 자기를 씻기느라 힘들 걱정만 했다. 내가 다 해준다니까. 가만히 있어요. 그런데도 등을 닦아주는 사이 얼른 직접 머리를 감았다.

"아무래도 안 되겠다. 앞당기자."

젖은 머리를 드라이어로 말려주는데 엄마가 말했다. 싫어. 마음의 목소리와 달리, 나는 차분하게 물었다.

"언제로?"

오랜 상의 끝에 우리는 8월 25일을 최종일로 결정했다. 10월 31일에서 9월 12일로 당긴 것도 너무 빠르다고 생각했는데 8월 25일이라니. 한 달 뒤에 엄마가 세상에서 사라진다니.

"엄마는, 엄마가 원하는 죽음을 맞이하고 싶어. 미리 인사하고 떠날 수 있다는 게 얼마나 좋은 건데."

나는 8월 22일에 출국하는 비행기를 예매했다. 디그니타스에서 가능하다고 해도 티켓을 구하지 못하면 헛일이었다. 다행히 비즈니스석에 세 자리가 남아 있었다. 밤 11시, 디그니타스에 일정을 앞당기고 싶다는 긴급 메일을 보냈다.

D-32   7월 24일

엄마가 A 병원 정형외과에서 허리 CT 촬영을 했다. 석 달 전에 예약한 검사였다. 사실 엄마는 어제 말고도 봄부터 넘어

지는 일이 잦아서, 수술 부위가 잘못되었는지 확인하려고 한
것이다.

엄마는 어차피 한 달 후면 가는데 촬영하고 싶지 않다고 했
지만 내가 해보라고, 해야 한다고 설득했다. 가는 건 가는 거
고, 왜 아픈지 알아야 임시방편으로 신경 차단술이라도 할 수
있으니까.

나도 함께 가겠다고 했지만 아빠가 있으니 괜찮다며 오지
말라고 말렸다. 넌 내일 강연 준비나 잘해. 나중에 엄마가 병
원에서 휠체어를 타고 다녔다는 말을 듣고, 함께 가지 않은
걸 후회했다.

D-31   7월 25일

디그니타스로부터 8월 25일 일정이 가능하다는 답신을 받
았다. 의사와 23일에 만나 1차 인터뷰를 할 수 있다며 그가 가
기 편한 호텔을 지정해주었다. 선택의 여지가 없기에 급하게
호텔을 예약했다.

아포스티유를 받은 공식 문서들도 즉시 제출해야 했다.

엄마는 날짜가 확정되어 행복하고 즐겁다고 했다. 달력에
동그라미를 치고 '행복의 나라로'라고 썼다. 달력에는 9월
12일에도, 10월 31일에도 형광펜으로 동그라미가 그려져 있

었다.

L 기자에게 날짜를 앞당기게 되었다고 알려주었다. 기자는 "어머님이 촬영에 응하실 수 있는 상황"이라면 어떤 일정에라도 맞추겠다고 했다.

엄마와 나는 달력에 떠나기 전 해야 할 일, 버킷리스트를 적었다. 여행을 가는 사람들처럼 언제가 좋을지 의논하며 숫자 위에 동그라미를 쳤다. 속초도 가면 좋겠다. 취재진하고 같이 가볼까? 안 돼, 무리하면. 가기 전까지는 몸 사려야 해. 이런 대화를 나누며 다음과 같은 일정을 적어나갔다.

－ 떠나는 날 입을 하얀 옷 사기
－ 가족, 친지들과 모여 식사하기
－ 핑크리본(유방암 환우회) 참석하기
－ 사위와 함께 식사하기

나는 몇 개 되지 않는 목록을 성실히 적었다. 단 하나도 이룰 수 없다는 걸 알지 못한 채로.

그날, 우리의 운명이 정해진 날

7월 26일. 엄마가 전날 점심을 먹고 체해 컨디션이 더 나빠졌다. 침대에 누운 엄마의 얼굴빛이 노랬다. 그런데도 엄마는 계획대로 은행에 가자고 했다.

"갈 수 있겠어?"

"내일 갈까?"

내가 그러자고 답하기도 전에 엄마가 말했다.

"내일이면 나아진다는 보장이 없잖아. 더 나빠지면 나빠지겠지. 나가자."

엄마는 보라색 모시를 입고 목에 연보라색 손수건을 둘렀다. 아빠와 내가 아침 일찍 주민센터에서 빌려온 휠체어 ─ 엄마가 며칠 전부터 걷기 힘들다고, 오른 다리에 힘이 들어가지 않는다고 했다―에 엄마를 태웠다. 날씨가 흐리고 비가 흩뿌렸다. 우리는 우비를 입었다. 엄마는 휠체어에 탔고 나는 밀어야 하니까.

집에서 나온 우리는 두 대의 엘리베이터 중 오른쪽 엘리베이터를 타고, 아빠는 왼쪽 엘리베이터를 탔다. 오래된 아파트의 엘리베이터는 휠체어 한 대와 성인 두 사람이 타기엔 비좁았다.

1층에 도착했을 때 엘리베이터가 덜컹, 하고 멈췄다. 문이 열리지 않았다. 기가 막혔다. 엄마는 30년 동안 이 아파트에 살았다. 이런 일은 처음이었다. 당황한 나는 엘리베이터 문을 쾅쾅 두드렸다.

"그러지 마."

엄마가 나를 말렸다. 그제야 정신을 차리고 긴급 호출 단추를 눌렀다.

"엘리베이터 문이 안 열려요!"

경비 아저씨가 잠깐만 기다리라고 했다. 엄마도 나도 말은 안 했지만 완전히 얼어붙어 있었다. 경비 아저씨가 문을 열어주기까지 실제로는 5분 정도 걸렸는데, 50분은 갇혀 있는 기분이었다. 불길한 징조 같았지만 애써 그런 생각을 털어냈다.

은행 가는 길, 갑자기 비가 쏟아졌다. 커다란 욕조에 물을 받아 우리 머리 위로 퍼붓는 것 같았다. 비를 맞으며 엄마가 웃었다. 재미있는 농담을 들은 사람처럼. 엄마는 예전부터 힘들고 속상할 때, 눈물이 나올 것 같을 때 더 웃는다. 나는 그런 엄마가 캔디 같다고 생각했다.

가게 처마 밑에 앉아 비 구경을 하던 할머니가 우리를 보며 우산 빌려줄까? 물었다. 나는 괜찮다고 사양했다. 어차피 휠체어를 미느라 우산 받칠 손이 없었다. 우리는 장대비를 맞으며 은행에 갔다. 그런데 은행에 도착하자마자 비가 그치고 해가 나왔다. 그야말로 모든 게 농담이라는 듯이.

은행은 엘리베이터가 없는 건물로, 우리가 방문할 창구는 2층에 있었다. 휠체어를 1층에 두고 계단을 올라가야 하는 것이다. 2층에 있던 팀장이 내려와 엄마의 오른쪽을 부축했다. 나는 왼쪽을 부축하고 한 계단 한 계단 힘겹게 올라갔다.

은행 업무를 보는 데 예상보다 시간이 오래 걸렸다. 금고와 예금을 정리하고 만기가 되지 않은 적금을 해약하느라 거의 두 시간이 지났다. 엄마의 얼굴이 창백해졌다. 속이 울렁거린다고 했다. 아빠와 내가 엄마를 부축해 화장실로 갔다. 걸음을 옮기면서도 헛구역질하던 엄마는 화장실에 들어가자마자 토했다. 먹은 게 없어서 말간 물만 나왔다.

서둘러 남은 일을 처리하고 계단을 내려가려는데, 이미 모든 기운을 소진한 엄마가 양쪽의 부축에도 자꾸 주저앉으려 했다. 창구의 남자 직원이 달려와 엄마를 업어주었다. (엄마는 나중에 말했다. 마지막 가는 여정에 많은 사람의 등에 업혔지만 그 직원의 등이 가장 편했다고 전해달라고. 엄마가 떠나고 나서 통장 정리를 하러 그 은행에 다시 갔다. 갑자기 방문하는 바람에 미처 선물을 준비하지 못하고 편의점에서 자그마한 초콜릿을 샀다. 직원에게 엄마의 말을 전하며 감사 인사를 하고, 엄마가 사실은 스위스에서 조력사망하셨다고, 디그니타스는 조력사망을 도와주는 기관이라고 말했다. 그는 코가 빨개지며 여기―엄마가 항상 앉던 자리에―앉아 계실 것 같아요,라고 했다. 초콜릿을 먹지 못할 것 같다고도. 나는 목돈이 생기면 꼭 맡기겠다고 약속하고 은행을 나왔다.)

집으로 돌아오는 일도 만만치 않았다. 엄마는 길에서 또 토했고, 아빠는 한 발 뒤에서 안타까운 눈으로 보며 따라왔다. 도중에 내가 힘들어할 때면 아빠가 휠체어를 밀겠다고 했지만 내가 맡았다. 아빠도 여든이 넘었는데 잘못하다 둘

다 다치면 큰일이니까.

아파트에 올라오는 언덕길에서는 어떤 아주머니가 함께 밀어주었다. 본인 어머니도 오랜 기간 편찮으셔서 휠체어를 미는 데 익숙하다며 우리 동 앞까지 와주었다. 고마운 분이었는데 경황이 없어 몇 동 몇 호에 사는지도 묻지 못했다.

엄마는 집에 와서도 토했다. 휠체어 멀미 때문이었을까? 그 전날에도 욕실에서 넘어져 머리를 부딪쳤다던데 뇌진탕이라도 걸린 걸까? 아니면 항암 약을 중단해서 암세포가 기승을 부리나?

고통에 몸부림치는 모습에 나까지 몸부림쳤다. 그때 나는 엄마의 고통을 끝내기 위해서라면 무슨 짓이든 할 수 있다고 생각했다. 엄마는 어릴 때 내가 아프면 대신 아프고 싶다며 내 입술에 입을 대고 호로록, 나쁜 기운을 빨아들였다. 하지만 나는 같이 죽으라면 죽었지, 엄마 대신 아플 용기는 없었다. 내리사랑은 있어도 치사랑은 없대. 언젠가 엄마가 했던 말.

화장실에서 나온 엄마가 조금 진정한 뒤 말했다. 어서 스위스에 가고 싶다고.

"좀 앞당길까?"

내가 말했다. 그게 내가 할 수 있는 치사랑의 한계였다.

"어, 그래. 그러자."

엄마가 말했다.

나는 비행기표를 다시 알아봤다. 처음에는 2주 당겨 8월 8일 항공편을 알아봤는데 비즈니스석이 매진이었다. 엄마는 일반석을 타고 갈 수 있는 상태가 아니었다. 취리히행 직항은 화, 목, 토에만 있었고 의사 면담 등 일정을 소화하려면 화요일에 출국해야 했다. 8월 1일 화요일 비행기에는 좌석이 있었다. 그것도 딱 세 자리가.

엄마에게 상황을 설명했다. 짧게 허공을 응시하던 엄마가 고개를 끄덕였다. 나는 디그니타스에 8월 4일로 일정을 바꿀 수 있는지 문의하는 메일을 보냈다.

만약 가능하다면 우리에게 남은 시간은 단 9일.

내 마음은 반반으로 나뉘었다. 디그니타스에서 가능하다고 했으면 좋겠다는 마음과 불가능하다고 하길 바라는 마음. 워낙 날짜가 긴박해서인지 빠르게 회신이 왔다. 8월 4일은 불가능하고, 8월 3일이 가능하다. 8월 1일에 입국해 2일과 3일 오전, 의사 면담을 진행하는 게 어떠냐는 내용이었다.

나는 엄마 아빠에게 그대로 전달했다. 내가 온당한 말을
하는 건지 판단이 서지 않은 상태로.

"8월 3일이라고? 일주일 남았잖아?"

아빠의 눈이 접시만큼 커졌다. 엄마는 좋다고 했다. 나는
마치 우리를 기다리고 있는 듯한 세 자리를 예약했다. 마지
막 확인 버튼을 누르기 전 엄마에게 물었다. 그냥 25일에
가면 안 되겠냐고, 한 달 정도 병원에 입원해 있으면 어떻
겠냐고. 엄마는 단호히 고개를 저었다.

그날, 우리의 운명이 정해졌다. 소설이라고 해도 너무나
개연성 없는, 기이하고 이상한 일이 연이어 일어난 날이었다.

난 엄마에게 묻고 싶다.

엄마, 난 아직도 모르겠어. 그날이 있어서 엄마가 마지막
소원을 이뤘는지, 그날 때문에 엄마의 시간이 앞당겨졌는
지. 그날은 천사의 선물이었을까, 악마의 계략이었을까.

엄마, 그날 날짜를 앞당긴 게 잘한 걸까? 내가 지레 겁을
먹고 엄마를 빨리 죽인 게 아닐까?

나는 덧없는 가정을 해. 만약 내가 강연을 가지 않았더
라면, 그래서 엄마랑 다른 걸 먹었다면 어땠을까. 오징어볶
음이 아니라 소시지를 먹자고 했다면 어땠을까. 만약 우리

가 조금 늦게 나왔더라면 어땠을까. 그랬다면 고장 난 엘리베이터에 타지 않고, 비를 맞을 일도 없었을 텐데. 아파트에서 내려가는 길에는 그날따라 왜 차 한 대도 오가지 않았을까. 차들 때문에 가는 길이 위험하게 느껴졌다면 아차, 정신을 차리고 택시를 탈 수도 있었을 텐데.

돌아보지 마라. 앞으로 나아가라. 엄마는 그렇게 말하겠지. 이미 다 지난 일, 어쩔 수 없다고도.

그런데도 엄마, 난 자꾸만 그날로 돌아가. 타임루프에 갇힌 주인공처럼. 언제쯤 난 그날에서 벗어날 수 있을까.

남은 시간, 일주일

엄마와의 시간이 일주일 남았다. 더 이상 디데이는 의미가
없다.

 집 근처 내과에 가서 엄마와 나란히 링거를 맞았다. 엄마
가 오랫동안 다니던 단골 병원이다. 어제의 실수를 반복하
지 않기 위해 큰 택시를 불러 트렁크에 휠체어를 싣고 갔
다. 엄마는 아미노산, 나는 비타민 수액을 맞았다. 중간에
상태를 보러 온 의사 선생님에게 엄마가 작별 인사를 했
다. 종종 이야기를 나눈 터라 의사 선생님도 우리가 스위스
에 가는 것을 알고 있었다. 선생님은 이렇게 빨리 가게 될
줄은 몰랐다며 안 가면 좋겠다고 했다. 안 갈 수 있다면. 더
좋은 방법이 있다면.

선생님이 몸을 구부려 누워 있는 엄마를 안아주었다. 엄마의 등을 토닥토닥 두드리는 선생님의 눈가가 젖어들었다. 엄마는 울음을 참기 위해 입술에 힘을 주었다. 눈에서는 이미 눈물이 흘러나오고 있었다.

엄마는 혈관통이 있어 천천히 링거를 맞았다. 나는 먼저 바늘을 뽑고 근처 식당에 가서 밥을 먹었다. 내가 기운을 차려야 엄마를 돌본다는 핑계였지만 배가 고파서 먹었다. 일주일 뒤 엄마와 영원한 이별을 하는데도 밥이란 게 먹혔다. 목구멍에 대충 욱여넣고 병원으로 돌아왔다. 여전히 엄마는 바람 빠진 풍선처럼 누워 있었다. 그것도 힘에 겨웠는지 링거를 맞다가도 토했다. 극도로 괴로워하는 엄마의 모습에 가슴이 아프다 못해 가슴뼈가 부러지는 것 같았다.

죽으러 가기 위해 기운을 차리려는 엄마. 이 거대한 모순을 자그마한 엄마가 온전히 감당하고 있다.

오지 않는 사람들

출국을 앞두고 다급한 날들이 이어졌다. 우선은 디그니타
스에서 요구하는 서류를 제출해야 했다. 기본증명서, 가족
관계증명서, 혼인관계증명서, 주민등록등본의 아포스티유
를 발급받으러 재외동포청으로 갔다. 민원센터에서 번호
표를 뽑고 서류를 확인하는데 이럴 수가! 아빠가 아침 일
찍 주민센터에 가서 발급받아 온 혼인관계증명서가 엄마
이름이 아니라 아빠 이름으로 되어 있었다. 사실상 내용은
같지만, 발급하는 주체는 당연히 엄마여야 했다. 화낼 틈도
없이 가까운 구청으로 달려가 서류를 발급받아 민원센터
로 돌아왔다. 아포스티유가 발급되는 데 30분 정도 기다려
야 한다길래 근처 백반집으로 들어가 변경한 비행기 일정

을 확인했다. 된장찌개를 주문했는데 밥 한 숟갈을 뜨고 나니 더는 넘어가지 않았다. 식당 아주머니가 왜 그리 못 먹냐며 달걀이라도 부쳐줄까? 물었다. 괜찮아요. 나는 감사 인사를 하고 식당에서 나왔다.

서류를 무사히 발급받아 동네 중식당에서 해삼탕(엄마는 해삼탕을 좋아한다. 할머니가 돌아가시기 전, 해삼탕에 고량주 한잔하면 좋겠다고 했는데 그걸 드리지 못한 게 안타깝다고 말하곤 했다.)과 게살수프를 포장했다. 원래 음식은 즉시 먹어야 본연의 맛을 느낄 수 있다는 신조로 포장을 안 해주는 곳인데 사정을 얘기하니 선뜻 해주었다. 식기 전에 엄마가 한 입이라도 먹어야 할 텐데 퇴근 시간이라 택시로는 한 시간이 넘게 걸릴 듯했다. 지하철을 타면 50분. 지하철 안에서 냄새가 새어나갈까 봐 조마조마해하다가 역에 내리자마자 아파트까지 달려갔다. 엄마는 땀에 젖어 이마에 달라붙은 내 앞머리를 보며 우리 딸 고생하네, 했다. 다행히 엄마는 잘 먹었다.

"낮에 삼촌 내외가 다녀갔어. 삼촌도 숙모도 많이 울었어."

엄마가 말했다. 8월 1일에 출국한다는 말을 듣고, 딸을 만나러 가다가 곧장 방향을 틀어 엄마네로 왔단다. 나는 두 분에게 한없이 고마웠다.

"우린 행복한 거니까 울지 말자."

코끝은 이미 빨개졌는데, 울지 말자고 하는 엄마. 나는 미소를 지으며 고개를 끄덕였다.

출국일을 정한 뒤, 엄마는 형제자매들에게 마지막 인사를 하고 싶어 했다. 둘째 이모는 엄마의 카톡에 답장하지 않았다. 셋째 이모는 온다고 하다가 컨디션이 나빠 못 오겠다고 했다. 엄마의 장례식이었다면 어땠을까? 이른 봄, 큰이모의 장례식에는 왔던 그들이었다. 엄마의 경우는 살아 있을 때 치르는 장례인 셈인데, 영원한 이별 전에 가족을 볼 수 있는 기회인데…. 각자의 사정이 있겠지만 나는 이해할 수 없었다. 엄마는 섭섭한 내색도 하지 않았다. 모든 것을 있는 그대로 수용했다. 벌써 영혼이 된 것처럼, 엄마는 여리고 맑았다.

떠난 엄마와 떠날 엄마

남편이 엄마 집에 왔다. 엄마는 일어나지 못하고 줄곧 누워 있었다. 음식 솜씨는 별로 없지만 명절날이면 사위가 좋아 하는 갈치조림을 해주던 엄마. 사위 입에서 어이쿠, 탄성이 나올 만큼 공기에 밥을 가득 담아주던 엄마. 내가 싸웠다고 이른 뒤 만날 때면 사위의 뒤통수를 은근히 흘겨보던 엄마. 그래도 헤어질 때는 우리 사위 한번 안아보세, 하던 엄마. 이제 할 수 있는 건 작별 인사를 나누는 것뿐이다.

엄마는, 엄마에게는 영원히 아기인 나이 든 딸을 남겨놓고 가는 게 걱정되는 듯 "부족한 점이 있어도 서로 감싸주며 잘 살아. 알았지?"라며 남편의 손을 꼭 잡았다. 남편은 네, 네, 어머니. 목멘 소리로 몇 번이나 대답했다.

"제가 잘 보살피겠습니다. 걱정하지 마세요."

남편이 엄마를 안고 서럽게 울었다. 본인의 어머니를 잃은 지 보름 만에 장모님을 떠나보내는 마음을 나로서는 다 헤아릴 수가 없었다.

출국 전 인터뷰

출국 며칠 전 L 기자에게 연락했다. 엄마의 일정이 앞당겨져 촬영할 시간이 없을 것 같아요. 기자의 입장은 변함없었다. 우리만 괜찮다면 스위스 여정만이라도 동행하고 싶다는 것이다. 나는 엄마의 의견을 물었다. 엄마는 그들과 함께 가도 좋다고 했다. 사전 인터뷰에서 말했듯 다큐멘터리 촬영을 통해 자신처럼 고통받는 사람들에게 도움이 되길 바랐다. 나는 기자에게 비행편 일정을 공유했다.

출국 전전날, 엄마는 취재진을 만났다. 스튜디오까지 이번에는 앰뷸런스를 타야 했다. 9일 전 사전 인터뷰 때와는 완전히 달랐다. 말하는 것조차 힘들어했다. 며칠 만에 사람이 이렇게 쇠약해질 수 있나? 암 환자의 컨디션을 그래프로 나타내면 완만하게 이어지다 낭떠러지처럼 뚝 떨어진다고 한다. 엄마에게도 그런 추락의 순간이 온 것일까?

기자가 물었다.

"개똥밭에 굴러도 이승이 낫다는 속담이 있듯, 죽음을 선택하는 일이 쉽지 않았을 것 같은데요. 어떻게 결정하게 되셨어요?"

"매에는 장사 없다는 속담도 있죠. 누구도 죽고 싶은 사람은 없어요. 다만 두드려 패는 듯한, 온몸을 난도질하는 듯한 통증을 끝낼 방법이 죽음밖에 없으니까."

매에는 장사 없다. 경험에서 나온 현답이었다.

기자는 그 밖에도 여러 질문을 했다. 암과 싸워온 10년이 넘는 투병 과정, 항암 치료를 멈춘 이유, 조력사망에 관심을 갖게 된 계기, 그린라이트를 받고 한 달도 되지 않았는데 빠른 결정을 내린 이유 등등. 엄마는 숨이 가쁘고, 기침을 하면서도 영민함을 잃지 않았다.

인터뷰 도중 삼촌과 통화를 했다. 삼촌은 목이 메어 말을 잇지 못했다. 수화기 너머에서 오열하는 소리만 들렸다. 기자와 동행한 피디까지 꺽꺽 소리 내어 울었다. 아빠도 울었다. 난생처음 본 아빠의 눈물이었다. 나는 아빠가 울지 않는 사람인 줄 알았다.

기자가 아빠에게도 한마디를 부탁했다.

"아내가 암에 걸린 뒤 오랜 기간 통증에 시달리는 모습을 지켜봤습니다. 특히 3년 전 뼈로 전이되고 나서부터는 힘들게 항암 치료를 했지만 부작용이 많아 더욱 고통받았어요. 그래서 디그니타스에 가기로 했습니다. 저는 처음에는 반대했지만 한밤중에 비명을 지르며 몸부림치는 아내를 보면서 진정 위하는 길이 무엇인지 자문했어요. 참담한 심정으로 스위스에 동행하지만 아내의 고통이 끝난다는 것이 조금이나마 위안이 됩니다."

떨리는 목소리. 아빠의 검버섯 위로 구불구불 흐르는 눈물 줄기. 아빠는 엄마의 고통을 가장 적나라하게 목격했다. 자다가도 엄마가 아파하면 잠에 취한 채 다리를 주물러주었다. 그에 비하면 나는 외부인이었다. 엄마가 아프다는 건 당연히 알고 있었지만 얼마나 괴롭고 힘든지는 실감하지 못했다. 그래서 나는 엄마랑 만나면 차도 마시고 이야기도 더 하고 싶었다. 그때마다 아빠가 왜 그리 심통을 부리며 빨리 집에 가자고 했는지, 나는 엄마가 떠난 뒤에야 알게 되었다. 엄마는 나를 만나는 날에는 독한 진통제를 두 개나 먹고 안 아픈 척했다는 것을, 몸에 무리가 가서 밤에는 몇 배로 힘들어했다는 것을.

출국 전날

오전에 은행에 들러 디그니타스에 마지막 비용을 송금했다. 의사 면담부터 장례 비용까지를 포함한 금액이었다.

내가 없는 사이 오빠 내외가 막내 조카를 데리고 엄마 집에 왔었다. 막내 조카에게는 할머니가 병을 고치러 간다고 했단다. 열 살짜리에게 할머니의 선택을 설명하는 건 어려운 일이었을 것이다. 주방에서 우는 새언니에게 막내 조카는 "엄마, 왜 울어? 할머니 병 나으러 가는데 왜 울어?"라고 자꾸만 물어봤단다. 조카의 물음에 대답할 사람은 없었다.

여기까지가 엄마가 말해준 전부다. 두 시간 남짓 그들 사이에 어떤 대화가 오갔는지 나는 알 수 없다. 오빠는 공항에 오지 않는다고 했다. 오빠는 엄마의 결정을 감당할 수 없었던 걸까? 그렇다면 엄마의 결정을 돕고 있는 나에게 는 왜 한마디도 하지 않았을까? 반대하는 마음이 있더라 도, 다시는 볼 수 없는 엄마를 한 번이라도 더 보고 싶지는 않을까? 나는 오빠를 이해하는 동시에 이해하기 어려웠다. 아마 오빠도 그럴 것이다. 출국 전날 아들과 마지막 인사를 나눈 엄마는 어떤 심정이었을까.

엄마는 옷 정리를 끝내지 못하고 가는 걸 못내 아쉬워했 다. 나는 이 정도면 다 정리한 거라며 위로 아닌 위로를 했 다. 출국 전날인 데다가 여러 생각이 겹쳐서 그런지 엄마는 우울해했다. 신경이 날카로워져서였을까, 스위스에 동행하 지 않는 오빠에 대한 의견 차이로 나와 말다툼도 했다. 엄 마는 몹시 신경질적으로 반응했다.

"스위스고 뭐고 오늘 너랑 나랑 죽고 끝내자."

나는 그제야 입을 다물었다.

저녁을 먹는데 또 대화가 감정적으로 흘러갔다. 발단은 나였다. 너무 서두른 건 아닌지, 괜히 앞당긴 건 아닌지, 속 에 있던 생각을 누르지 못하고 말한 것이다.

"엄마도 25일까지 있고 싶어. 신경 차단술 받고 25일에 갔어야 한단 생각도 들어."

"그렇게 하자. 엄마, 미룰 수 있어."

"너무 늦었어. 정해진 거야."

"아니야. 연기할 수 있어. 비행기랑 호텔, 일정, 다 연기하면 돼."

"더 이상 얘기하지 마."

엄마는 단호했다. 불과 몇 시간 후면 엄마는 생의 마지막 여행을 떠난다. 내가 경솔하게 굴 때가 아니다. 그런데도 나는 모든 게 잘못된 것 같았다. 그런 와중에 방송사와 계약 문제로 여러 번 통화해야 했다. 기자는 우리의 소중한 시간을 뺏는 걸 미안해했다. 내 아쉬움은 말로 다 표현할 수 없었다. 급기야 엄마에게 촬영하지 말자고 했다. 남은 시간을 온전히 우리끼리 보내고 싶었다.

"아니, 할 거야. 죽기 전까지 할 일이 있다는 게 얼마나 좋아."

엄마가 낮은 목소리로 말했다. 엄마의 말이 맞다. 지금은 엄마가 원하는 대로 하는 것이 답이다.

늦은 저녁, 집 앞으로 기자가 찾아와 다큐멘터리 출연 계약서에 서명을 받았다. 엄마 상태를 묻는 말에 조금 불안해하신다고 답했다. 불안한 건 나면서. 계약서를 갖고 집으로 올라오며, 모든 일이 없던 일이었으면 하고 바랐다. 나는 엄마에게 다시 말했다. 취소하고 싶으면 해도 된다고. 심지어 스위스에 가서 마음이 바뀌어 돌아오는 사람도 있다고.

"내일 간다."

엄마는 확언했다. 더 이야기할 틈을 주지 않겠다는 듯 단단하게 굳은 얼굴로.

착잡한 심정으로 엄마의 짐을 꾸렸다. 일반적인 여행이 아니므로 짐은 간소했다. 나는 엄마가 누워서 말하는 대로 내일 입고 갈 옷과 둘째 날 입을 옷, 그리고 마지막 날 입을 하얀 셔츠와 하얀 바지를 챙겼다. 가지 않았으면 하는 마음, 가고 싶지 않은 마음, 혹여라도 비행기 탑승을 거부당해 가지 못하면 어쩌나 하는 마음이 한데 뒤섞여 소용돌이쳤다.

스위스에서

엄마를

떠나보내다

출국일, 8월 1일

새벽 5시, 누가 먼저랄 것도 없이 눈을 떴다. 깨끗이 씻은 엄마는 화장대 앞에 앉았다. 떨리는 손으로, 초점이 맞지 않는 눈으로, 평소보다 정성껏 화장했다. 아픈 사람처럼 보이면 비행기를 타지 못할까 봐. 아빠가 전전날 사 온 삼계탕에 물을 붓고 죽처럼 만들었다. 엄마가 한 숟갈이라도 뜰 수 있어서 다행이었다. 나도 억지로 몇 숟갈 먹었다.

새벽 6시, 꼬마 이모에게 연락이 왔다. 엄마가 떠나기 전 보고 싶다고, 우리 집으로 온다고 했다. 이모, 우리는 7시 15분이면 출발할 거야. 지금 출발하면 못 만날 수도 있을 텐데. 그래도 갈게. 이모가 말했다.

이모가 도착한 건 6시 45분, 우리는 이미 사설 앰뷸런스를 기다리고 있었다. 함께 이야기할 수 있는 시간은 기껏해야 30분이었다. 그런데 운전기사가 길을 잘못 들어 7시 반이 되어서야 앰뷸런스가 왔다. 그 덕에 이모는 엄마를 15분 더 볼 수 있었다. 두 사람은 최대한 울지 않으려 했다. 엄마는 모든 걸 달관한 사람처럼 보였고, 며칠 전 통화할 때만 해도 가지 말라며 울던 이모는 엄마의 선택을 존중했다. 엄마는 이모에게 집에서 쓰던 안경을 벗어주었다.

늦게 도착한 운전기사를, 엄마가 조금 나무랐다. 그 와중에도 엄마답다고 생각했다. 나는 정해진 시간까지 최대한 빨리 가달라고 했다.

엄마는 이동 침대에 누운 채로 앰뷸런스에 탔다. 나랑 아빠는 뒷좌석에 나란히 탔다. 뒷문이 닫히고 차가 출발했다. 언니, 언니! 이모가 참고 있던 울음을 터트렸다. 앰뷸런스를 따라오다가 바닥에 주저앉았다. 놀란 경비 아저씨가 뛰어왔다. 우리는 이모의 울음소리를 들으며 아파트 단지를 벗어났다. 엄마는 마스크를 쓴 채 눈을 감고 있었다. 나는 엄마 손을 잡았다. 손이 몹시 차가웠다.

9시 정각, 공항에 도착했다. 취재진 세 명이 우리를 기다리고 있었다. 공항에 준비된 휠체어를 타고 취재진과 함께

스위스에서 엄마를

티켓을 찾은 뒤 VIP 라운지로 갔다. 라운지에는 간단한 음식이 마련되어 있었지만 아무도, 아무것도 먹을 수 없었다.

10시 10분, 비행기에 탑승할 시간이었다. 엄마는 화장실에 가고 싶어 했다. 내 힘으로는 도저히 감당할 수가 없어 라운지 직원들의 도움을 받았다. 여자 직원이 화장실 안까지 따라와 엄마를 도와주었다. 그에게는 엄마가 갑자기 하반신 마비가 왔다고만 했다. 그 직원이 우리를 배웅하며 엄마에게 참 강한 분이시다, 나을 수 있도록 기도해드리겠다고 말했다. 진심이 느껴져 감사했다. 하지만 우리 엄마는 나을 수 없어요. 돌아오지 못할 여행을 갑니다. 눈물이 나왔다. 흐르지 않고 눈가가 젖을 정도로만. 눈물을 뚝뚝 흘릴 여유 따위는 없었다.

검색대를 통과하고 비행기까지 가는 내내 공항의 남자 직원이 엄마의 휠체어를 밀어주었다. 엄마는 몇 번이나 고맙다고 말하며 만약 안 아픈 때로 돌아갈 수 있다면 몸이 불편한 사람들을 그냥 지나치지 않겠다고, 반드시 도와주고 싶다고 했다. 내가 할게, 엄마. 내가 도울게. 나는 마음으로 말했다. 비행기 탑승구에서 승무원들이 인사를 건네자 엄마는 세상에서 가장 행복한 미소를 지으며 안녕하세요, 하고 인사했다. 혹시라도 아픈 사람처럼 보이면 비행기 탑승을 거부당할까 봐 안 아픈 척했다.

우리의 목표는 무사히 비행기에 타고, 비행기 안에서 무사히 열세 시간을 보내고, 무사히 스위스에 도착하는 것이었다. 기내에서는 복도를 통과할 수 있는 작은 휠체어로 바꿔 타야 했다. 엄마랑 나랑 둘이 앉고 아빠는 앞자리에 앉았다. 엄마의 얼굴이 창백했다. 그래도 우리는 환자라고 제지당하는 일 없이 비행기에 탔다는 성취감을 잠깐 누렸다.

기내에서 화장실에 가는 건 하반신이 마비된 환자로서는 고난이었다. 엄마는 화장실에 세 번 갔다. 비즈니스석이지만 좁은 통로를 작은 휠체어로 통과해야 하는 건 마찬가지였다. 의자에 걸려 다치지 않도록 손을 엑스자로 교차해 어깨에 올린 엄마의 모습이 마치 구속복을 입은 사람처럼 불편해 보였다. 화장실에 갈 때마다 승무원의 도움을 받았다. 하지만 여성 승무원이 감당하기는 힘든 일이었다. 승무원과 나는 시행착오를 겪었다. 변기에 앉혔다가 다시 휠체어로 옮길 때마다 힘이 달렸고, 엄마는 허리에 충격이 가서 아파했다. 비좁은 화장실에서는 휠체어 발판을 내리는 일조차 신속하게 처리할 수 없었다. 화장실 입구의 얕은 턱에 바퀴가 걸리기도 했다. 나는 비행기라는 공간이 장애인에게 얼마나 불편한 곳인지 이제야 알게 되었다.

비행 시간이 절반쯤 남았을 때 엄마가 속삭였다. 아빠랑 자리 바꿔. 나는 자리를 바꾸자마자 쪽잠을 자다 문득 눈을 떴다. 엄마 옆자리로 가려고 보니 아빠가 엄마의 다리, 마비된 오른 다리를 마냥 쓸어주고 있었다. 나는 낯선 여행객의 옆자리에 조금 더 머물렀다.

승객 대부분은 잠들었지만, 엄마와 나는 잠을 깊이 자지 못했다. 잘 수 없었다. 영화도 눈에 들어오지 않았다. 하지만 운항 현황만 띄워놓고 바라본다고 비행기가 빨리 갈 리는 없었다. 결국 영화라도 보기로 하고 어떤 영화를 볼지 고르고 골랐다. 신작도 눈에 안 들어올 것 같았고, 코미디 영화도 붕 뜬 느낌일 것 같았다. 슬픈 영화는 더더욱 피해야 했다. 이것저것 검색하다 옛날 영화 카테고리로 들어갔다. 엄마가 〈타이타닉〉을 보자고 했다. 영화로도 봤고, 텔레비전에서도 툭하면 봤던 영화라 보는 부담이 덜할 것 같았다. 〈타이타닉〉이 개봉했을 때는 엄마도 아프지 않았는데. 나도 엄마도 친구들과 극장에서 두세 번씩 봤는데.

잭과 로즈가 사랑에 빠지고, 타이타닉호가 침몰하기 시작하는 장면이었다. 물이 들어차는 배 위에서 신부가 외쳤다. 죽음이 내게 찾아오면 아픔은 다시 찾아오지 않으리.
엄마가 그 대사를 소리 내어 읽었다. 30년 전의 우리에게는
와닿지 않았던 대사가, 지금 우리의 심정을 대변해주고 있
었다.

"죽음이 내게 찾아오면 아픔은 다시 찾아오지 않으리."

눈을 감고 한 번 더 읊조리는 엄마의 옆얼굴을 보며 나
는 눈물을 삼켰다. 아직은 울면 안 된다.

힘든 열두 시간이 지나고, 착륙 한 시간 전.

"화장실 가고 싶지 않아?"

내가 물었다.

"괜찮아."

엄마가 대답했다. 하나도 괜찮지 않은 표정으로.

"미안해서 그래? 그래도 가고 싶으면 한 번 더 가자."

"아니야. 미안해서…."

망설이던 엄마가 작은 소리로 말했다.

"조금 쌌어."

엄마는 만일의 사태에 대비해 성인용 기저귀를 차고 갔
다. 슬펐다. 화가 났다. 누구에게 화를 내야 할까? 승무원의
도움 없이는 엄마를 온전히 보살필 수 없는 나 자신? 휠체
어를 탄 사람은 화장실에 가기조차 힘든 비행기를 만든 항

공사? 아픈 몸을 이끌고 스위스까지 가야만 조력사망할 수 있는 우리나라의 법체계?

어쩌다 둘이 여행할 때면, 나는 덤벙대고 허둥대느라 엄마를 편안하게 해주지 못했다. 마지막 여행만큼은 불편함 없이, 최고로 잘해주고 싶었는데….

취리히공항에 내렸다. 공항 직원이 가져온 휠체어에 엄마를 태우고 입국 심사장으로 들어갔다. 심사관이 여행의 목적을 물었다. 관광이요. 며칠 묵을 거냐는 물음에는 사흘이라고 답했다. 실제로 아빠와 나는 더 있을 예정이었는데 왜 그렇게 대답했는지 모르겠다. 아마도 엄마가 떠나는 날까지 사흘 남았다는 관념이 머리에 박혀 있었던 것 같다. 심사관이 놀라며 반문했다. 한국에서 스위스까지 와서 단 사흘 머무르는 걸 이해할 수 없다는 표정이었다. 게다가 목적이 출장도 아닌, 관광이라고 했으니 말이다. 이러다 입국에 문제가 생기는 건 아닌가. 우리 모두 당황했다. 나는 최대한 당당한 표정을 지으며 심사관에게 호텔 예약 내역을 보여주었다. 심사관은 여전히 고개를 갸웃하며 여권에 입국 허가 도장을 찍어주었다.

우리는 취재진이 렌트한 차를 가져오기를 기다렸다. 엄

마는 거의 탈진한 상태라 어디든 누워야 했다. 나는 눈에 보이는 카페에 들어가 엄마가 몹시 아픈데 구석 자리에 잠깐 누워도 되냐고 물었다. 직원이 흔쾌히 허락했다. 소파에 엄마를 눕히고, 생수와 초콜릿 같은 것들을 손에 잡히는 대로 샀다.

엄마는 카페에서 꼬박 한 시간을 누워 있었다. 취재진도 초행길이라 렌터카를 빌리고 나서도 진입로를 찾지 못해 공항 안을 헤맨 것이다. 더는 견딜 수 없는 지경이 되어서야 택시를 타고 호텔로 이동했다. 이럴 줄 알았으면 좀 더 빨리 이동할걸. 뒤늦은 판단으로 엄마에게 고통만 더해주는 것 같았다.

첫째 날 묵을 곳은 취리히 시내, 리마트강이 보이는 호텔이었다. 내 딴에는 전망 좋은 최고급 호텔로 예약했는데 이제 엄마에게 전망은 의미가 없었다. 택시 안에서도 동승한 기자의 질문에 짧게 대답할 뿐 내내 침묵했다. 그런 엄마가 조금 낯설었다. 언제나 새로운 여행지에 가면 작은 것에도 감탄하며 호기심을 보이던 엄마였으니까. 그러다 내가 얼마나 현실감각이 없는 인간인지 깨달았다. 엄마가 이 여행을 조금이라도 즐길 수 있다고 기대한 걸까? 전망이 중요한 게 아니라 동선이 가장 짧도록 움직였어야 한다. 의사를 만날 호텔에서 2박을 할걸, 후회해도 돌이킬 수 없었다. 게다가 이 호텔에는 휠체어도 마련되어 있지 않았다. 호텔 안내에는 '휠체어 대여 가능'이라고 적혀 있었는데 왜 없냐고 따지자 같은 체인의 다른 호텔에 보냈다는 것이다. 특등급 호텔에 휠체어가 하나뿐이라니 기가 막혔다.

디그니타스 담당자인 카린이 호텔로 와주었다. 선한 눈빛과 푸근한 미소가 한국에서 통화했을 때의 분위기와 같아 마음이 놓였다. 엄마는 카린과 반갑게 포옹했다. 도와줘서 고맙다며 카린을 엔젤, 천사라고 불렀다. 카린이 이후의 절차를 설명하고 조력사망에 필요한 서류를 작성했다. 8월 3일 당일에 작성해도 되지만 그날은 경황이 없을 테니 원하면 미리 할 수 있었다.

서류 작성이 끝날 무렵, 아빠가 카린에게 화장하고 나면 유골을 어디에 뿌리는지 물었다. 나도 궁금하지만 아직은 차마 꺼내지 못한 이야기였다. 산이든 강이든 호수든, 제가 갈 수 있는 취리히 근교라면 어디든 원하는 곳에 뿌려줄 수 있어요. 반가운 대답이었다.

"엄마, 어디가 좋아?"

"알프스."

엄마가 하이디같이 천진한 얼굴로 말하는 바람에 다 함께 웃었다. 취리히에서 알프스는 너무 멀었다. 그렇다면 카린이 가기 편한 곳에 뿌려주세요. 엄마가 말했다. 카린이 자기 집 근처 사진을 보여주었다. 호수와 언덕, 숲이 있는 아름다운 곳이었다. 우리는 그곳에 엄마의 유골을 뿌리기로 했다.

대화가 이어지는 내내 나는 엄마의 기저귀가 신경 쓰였다. 웃으며 말하고 있지만 축축한 기저귀가 얼마나 찜찜할까. 호텔에 도착하자마자 기저귀부터 갈았어야 하는데. 내가 엄마를 더 편하게 돌봐야 하는데.

휠체어가 없는 사정을 들은 카린이 내일 이동하는 호텔로 휠체어를 가져다주기로 했다. 엄마가 카린의 손을 잡고 말했다.

"괜찮다면 내일 점심 식사를 대접하고 싶어요."

"고마워요. 하지만 내일은 쉬는 날이라 점심 약속이 있어요."

"그럼 저녁은 어때요? 저녁이라도 함께해요."

카린은 소중한 시간을 가족끼리 보내야 하지 않겠냐며 우리의 시간을 빼앗고 싶지 않다고 했다.

"No, no. please join us."

엄마가 꼭 함께하고 싶다고 하자 카린이 기뻐했다. 오늘은 건국기념일이라 시내에서 불꽃놀이를 할 거예요. 조금 시끄러울 수도 있어요. 떠나기 전, 카린이 알려주었다.

카린이 돌아가자마자 나는 욕실로 들어갔다. 한숨이 나왔다. 유럽의 욕실은 샤워부스가 없고, 욕조 안에서만 샤워할 수 있었다. 욕실 바닥에 배수구도 없어 욕조 밖에서 씻으면 물바다가 되고 만다. 욕조 턱도 높았다. 다리를 들어 올릴 수 없는 엄마가 씻을 방법이 없었다. 아빠와 내가 부축하면 욕조 안에는 들어갈 수 있겠지만 그러다 미끄러져 넘어지면 엄마의 마지막 소원을 이룰 수가 없다. 엄마는 8월 3일까지 무탈해야 했다. 우리는 반드시 블루하우스에서 작별해야 한다. 다른 곳에서 엉뚱한 사고를 당해서는 안 된다.

아무리 아픈 날에도 씻는 일을 거르지 않았던 엄마는, 머리 감기를 포기했다. 대신 세면대에서 세수하고 변기에 앉아 하반신을 씻었다. 상반신은 젖은 수건으로 닦았다. 세수할 때 아빠는 오른쪽에서 받쳐주고, 나는 엄마의 뒤에서 허리를 잡았다. 엄마는 얼굴을 열 번 넘게 헹궜다. 나 같으면 두세 번 헹구고 말았을 텐데, 깔끔한 성격은 극한의 상황에서도 바뀌지 않는구나. 그런 엄마가 머리를 감지 못하고 자야 한다니.

"내가 수건으로 닦아줄게."

"괜찮아. 하지 마."

내가 젖은 수건을 대자 엄마가 내일 감으면 된다고 했다. 순순히 엄마 말을 들었다. 그래야 할 것 같았다.

밤이 되었다. 엄마와 나는 침대에서, 아빠는 소파에서 자기로 했다. 폭죽 소리가 들렸지만 시끄럽다고 느낄 겨를이 없었다. 내 안에서는 폭죽보다 더한 폭발이 일어나고 있었으니까. 뱃속을 울리는 굉음. 몸을 한껏 움츠렸다. 엄마가 흐느꼈다. 돌아가신 할머니와 요절한 작은 삼촌이 보고 싶다며 울었다. 나는 비행기 안에서 미뤄두었던 피곤함과 내 감정의 무게를 감당하지 못한 채 선잠을 잤다. 그래선 안 되는 거였다. 엄마를 안고 달래줘야 했다. 행복의 나라로 가면 할머니와 삼촌을 만날 수 있을 거라고. 그러니까 오늘 밤은 편히 자라고.

오늘이 내일이면 좋겠다

"오늘이 내일이면 좋겠다."

아침에 눈을 뜬 엄마가 말했다. 하루라도 빨리 고통을 끝내고 싶은 마음이었다. 단 한 문장으로 표현된.

엄마는 화장실에 갈 때마다 아빠와 내 부축을 받아야 했다. 나는 줄곧 긴장 상태였다. 나쁜 일이 벌어질까 봐 조마조마했다. 우리가 스위스까지 어떻게 왔는데. 어제의 목표가 비행기를 타고 취리히까지 무사히 오는 것이었다면 오늘의 목표는 엄마가 내일 블루하우스에 갈 때까지 넘어지지 않는 것이었다. 다른 건 보이지 않았다.

호텔에는 여전히 휠체어가 없었다. 화가 났지만 따질 여력도 없었다. 기자가 프런트 직원에게 항의해, 호텔에서 유료 조식 한 가지를 서비스해 준다고 했다. 룸서비스를 시키며 오믈렛을 추가 주문했는데 정말 형편없었다. 엄마가 마지막 순간에 맛있는 음식을 먹어야 하는데…. 만회할 기회 없는 실패가 자꾸만 쌓여갔다.

만족스럽지 못한 식사를 하고 체크아웃했다. 엄마는 연노랑 셔츠와 하얀 바지를 입었다. 엄마는 하얀 바지를 두 벌 챙겨 왔다. 둘째 날 입을 카고바지와 마지막 날 입을 새하얀 바지. 일정이 확 당겨지는 바람에 새옷을 사지 못하고, 가진 옷 중에서 가장 깨끗한 옷으로 골랐다.

오늘도 곱게 화장하고 베이지색 망사 베레모를 쓴 엄마는 도무지 내일 인생을 마감하는 사람으로 보이지 않았다.

오전에 취재진이 강변에서 리마트강을 바라보는 엄마의 모습을 찍고 싶어 했다. 나도 엄마가 반짝이는 강물과 강변의 새들, 그 너머에 있는 성당을 보면 좋겠다고, 그리고 그 장면을 영상으로 간직하면 좋겠다고 생각했다. 하지만 엄마는 힘들어서 꼼짝도 할 수 없었다. 어쩔 수 없이 나만 인터뷰했다.

1층의 테라스 카페에서 커피를 마시며 촬영하는데 맑고 아름다운 리마트강을 봐도 아무 감흥이 들지 않았다. 기자가 질문하기도 전에 나는 머리에서 맴돌던 말을 쏟아냈다.

"엄마가 오늘이 내일이면 좋겠다고 하셨어요."

그 말을 하는데 왈칵 눈물이 났다. 내 앞의 기자도, 촬영하던 피디도 코가 빨개졌다.

엄마의 몸 상태와 오늘 계획 같은 것들을 묻던 기자가 내 소설 이야기를 꺼냈다.

"「국립존엄보장센터」의 내용과 어머니의 선택이 연결되는 지점이 있는 것 같은데 어떻게 생각하세요?"

약간 뜻밖이었다. 소설집 『다이웰 주식회사』에 실린 「국립존엄보장센터」는 70세 이상의 노인에게 '생존세'라는 세금을 부과하고 생존세를 내지 못하면 센터에 가서 24시간 이내에 죽어야 하는 디스토피아를 그리고 있다. 나로서는 엄마의 선택과 전혀 연결 지점이 없다고 생각했다.

"어떤 점이요?"

"주인공이 타이머를 앞당긴 부분이, 어머니가 일정을 당기신 것과 유사하게 느껴졌어요."

"아, 그렇게 생각할 수도 있겠네요. 배우의 인생이 출연작을 따라간다는 속설이 있듯이, 작가의 인생도 작품을 따라가는 걸까요."

엄마의 시간이 당겨진 게 마치 내 잘못인 것 같았다. 그러고 보니 엄마도 「국립존엄보장센터」의 주인공이 부럽다고 말한 적이 있다. 왜 부럽냐고 묻자, 마지막 문장 "나는 주사 한 방으로 죽을 것이다. 고통 없이 편안하게. 마지막까지 존엄을 유지하며."를 보고 그런 생각이 들었다고 했다. 엄마는 주사가 아닌 약을 마셔야 하지만 고통 없이 편안하게, 존엄을 유지하며 떠날 것이다. 이제 엄마는 소설 속의 주인공을 부러워할 필요가 없다. 그건 잘된 일일까?

12시, 호텔에서 나왔다. 휠체어가 없으니 이동이 만만치 않았다. 나는 캐리어를 끌고, 렌탈한 밴에 본인들의 짐을 먼저 실어놓은 취재진이 엄마를 양쪽에서 부축해 엘리베이터를 타고 내려왔다. 고개가 살짝 꺾인 채 바닥에 발을 끄는 엄마의 뒷모습은 어디론가 억지로 끌려가는 사람처럼 보였다. 차체가 높은 밴에 타는 것도 힘들었다. 내 손목은 관절에 간신히 붙어 있는 정도라 기자와 막내 피디가 많이 애써주었다. 밴은 8인승으로 막내 피디가 운전하고, 촬영 담당인 P 피디는 조수석에, 아빠와 나는 가장 뒷좌석에 앉았다. 엄마와 기자가 나란히 가운데 좌석에 탔다. P 피디가 조수석에서 허리를 틀어 뒤를 돌아보고 촬영했다. 불편해 보이는 자세였다. 테이프로 카메라를 의자에 고정하려는 피디에게 엄마는 이런저런 방식으로 붙이면 어떻겠냐고 조언했다. 엄마는 예전부터 뭔가를 만들거나 집에 있는 물건, 예를 들어 상자 같은 것들을 쓰임새 있게 활용하는 일에 능했다.

오늘도 엄마는 창밖 풍경에 관심을 보이지 않았다. 어린 시절 기차를 처음 탔을 때 "나무가 간다, 산이 간다."라고 해서 할머니의 웃음보를 터트린 이래 엄마는 늘 바깥의 사물, 특히 살아 숨 쉬는 것들에 호기심을 보였다. 아파트 뒷산으로 산책 갈 때도 소나무나 바위, 개미 들과 소통하던 엄마였다.

기자가 나중에 말하기를, 엄마가 이를 악물고 무릎을 누르며 통증을 참는 걸 옆자리에서 몇 번이나 봤다고 했다. 아프면 참지 말고 신음이라도 하지, 왜 아무렇지 않은 척 연기했어, 엄마? 이제는 물을 수 없지만 묻지 않아도 알 수 있다. 엄마는 사랑하는 사람들이 자기보다 우선이었다. 내가, 아빠가 속상해하길 바라지 않았을 것이다.

길모퉁이에 있는 한식당은 주차 공간이 없었다. 주차할 곳을 찾느라 같은 블록을 두어 바퀴 돌다가 우리는 먼저 내렸다. 휠체어가 없으니 차에서 내려 식당에 들어가는 것도 난감했다. 내가 식당으로 뛰어 들어가 도움을 청했지만 여성 직원만 둘이라 어려운 상황이었다. 건장한 남자 손님들에게 도와달라고 해도 될지 직원들에게 물었다. 그만큼 절박했다. 한국인 직원은 적극적으로 도와주려 했는데 현지 직원이 손님에게 그런 부탁을 할 수는 없다며 단호히 거절했다. 서운하지만 맞는 말이었다. 내게 엄마를 가뿐히 업을 수 있는 근력이 있다면 좋았을 텐데. 그동안 운동하지 않은 게 이토록 후회되던 때가 없었다. 어쩔 줄 모르고 마음만 졸이다가 나보다 체구도 작은 기자가 엄마를 업었다. 그런 장면이 고스란히 촬영되고 나는 허수아비가 된 기분이었다.

식당에 들어간 우리는 넓은 테이블에 앉았다. 된장찌개와 해물순두부찌개, 불고기에 잡채까지 많은 요리를 주문했다. 엄마는 입맛을 찾은 듯 맛있게 먹었다. 나는 엄마가 체할까 봐 불안해하다가 끝내 그만 먹으라고 말렸다. 식사를 마친 엄마가 기자들에게 연애 시절 이야기를 들려주었다. 얼마나 인기가 많았는지, 왜 말 많은 사람, 듣기 좋은 소리를 하는 사람을 싫어했는지, 어떻게 말 없는 아빠가 매력적이라고 생각했는지. 근데 살아보니 원래 말이 없는 사람이라 답답하더라고요. 엄마가 웃었고 기자들이 웃었다.

스위스에서 엄마를

나도 웃었다. 울고 있는 마음 한 조각을 들킬세라 더 크게.

기자는 우리가 원치 않으면 언제든 촬영을 멈출 수 있다고 말했다. 나는 때때로 모든 걸 멈추고 싶었지만 그건 엄마를 위한 길이 아니었다. 엄마가 떠나기 전에 할 수 있는 의미 있는 일. 지금 엄마에게는 이게 필요해.

천천히 식사를 마치고 3시, 브레이크타임이 되어 밖으로 나왔다. 우리 일행은 스타파에 있는 호텔로 이동했다. 엄마를 인터뷰할 의사가 들르기 편하다는 이유로 디그니타스에서 지정해준 곳이다.

호텔 간판이 눈에 띄지 않아 찾아가기 쉽지 않았다. 내비게이션이 가리키는 건물이 오래된 별장 같기도, 식당 같기도 해서 기자랑 내가 차에서 먼저 내려 호텔이 맞는지 확인했다. 달랑 철제책상 하나가 놓인 접수대에는 컴퓨터 한 대가 전부였다. 갈색 레게머리를 한 지배인이 체크인을 도와주었다.

놀랍게도 호텔에는 엘리베이터가 없었다. 카린이 미리 가져다놓은 휠체어가 로비에 있었지만 무용지물이었다. 우리가 묵을 방은 1층이었는데 로비가 0층인 구조라 다섯 개 정도의 얕은 계단을 두 번 올라가야 했다. 오전까지만 해도 부축을 받아 힘겹게 걸음을 옮기던 엄마는 이제 완전히 걸을 수 없게 되었다. 나는 미안하지만 누군가가 엄마를 업어 주면 좋겠다고 말했다. 레스토랑에 있던 키 큰 웨이터가 엄마를 업었는데, 사람을 업어본 적이 없는지 몹시 서툴렀다. 그래도 고마웠다.

방에 들어와서 또 한 번 놀랐다. 에어컨이 없었다. 한여름인데 더우면 어쩌나 걱정했는데 호수에서 불어오는 바람이 시원했다. 발코니 쪽으로 세 개의 긴 창문이 나 있었다. 그제야 방을 둘러봤다. 기역 자 형태의 방에는 퀸사이즈 침대 두 개와 옷장, 일인용 고리버들 의자가 있었다. 창가에는 낮은 테이블이, 욕실 옆에는 서랍장과 커피머신이 있었다. 계단참에 놓여 있는 바구니에서 사과를 가져와 엄마와 나눠 먹었다. 사과 맛있다. 당신도 먹어. 엄마가 아빠를 보며 말했다.

과즙이 많은 사과를 썹으며 창밖을 바라봤다. 서너 명의 사람들이 호수에서 수영하고 있었다. 파란 호수에 비치는 오후의 햇살, 생기 넘치는 사람들의 발갛게 달아오른 피부. 마치 다른 차원을 들여다보는 느낌이었다.

시간은 놀랍도록 빨리 갔다. 나는 그 시간을 분절된 마디마디 느끼고 있었다.

오후 4시, 의사가 왔다. 첫 번째 면담이었다. 닥터 M은 푸른 셔츠에 청바지를 입고 꽁지머리를 한 남자로 이마와 볼에 깊게 팬 주름이 있었다. 지나가다 봤다면 의사가 아니라 늙은 카우보이라고 생각했을 것이다. 엄마는 침대에 누워 있었고, 그는 엄마의 머리맡에 비스듬히 놓아둔 고리버들 의자에 앉았다. 닥터 M이 우리가 이미 알고 있는 이 일의 절차에 대해 간략히 설명하고, 엄마에게 이 일이 진행되기를 원하느냐고 물었다. I want to die, quick, quick. 엄마는 빨리 죽고 싶다고 말했고 닥터 M이 한 번 더 묻자 never change라고 덧붙였다.

엄마의 확답을 들은 닥터 M은 나를 보며 컵에 물을 50ml 정도 따라달라고 했다. 내일 약을 잘 마실 수 있는지 확인하는 절차였다. 나는 컵에 물을 따라 엄마에게 건넸다. 고작 물일 뿐인데도 손이 떨렸다. 엄마는 벌컥벌컥 단숨에 물을 마셨다. 좋아요, 의사가 인자한 미소를 지었다. 엄마가 약 이름을 한 번 더 물었다. 펜토바르비탈, 닥터 M이 대답했다. 약이 많이 쓰냐는 물음에 그렇다고 했다.

"그럼 약이 쓰지, 괜찮아."

엄마는 스스로를 달래듯 나지막이 말했다.

오늘 밤, 그리고 내일 아침에 먹고 싶은 걸 마음껏 드세요. 닥터 M이 손동작을 크게 했다. 술도 마시고요.

엄마는 술을 마시지 않으니 그건 해당 사항이 없었다.

진통제도 많이, 원하는 만큼 아주 많이 드세요.

아픈 걸 더는 참지 말라는 뜻이었다.

그리고 무엇보다 물을 많이 마셔야 합니다. 물을 적게 마실 경우, 몸속에서 약이 퍼지는 속도가 느리거나 경련이 일어날 수도 있어요.

면담을 끝마친 닥터 M은 눈물을 글썽이며 엄마를 "big sister"라고 불렀다. 세 살 위인 누나가 엄마와 동갑이라고, 엄마를 보니 자기 누나가 떠오른다고 했다. 그는 엄마와 포옹을 나누고 볼 키스를 하고 돌아갔다. 시계를 보니 겨우 20분이 지나 있었다.

"저 사람 귀, 봤어?"

문 앞까지 닥터 M을 배웅하고 온 내게 엄마가 물었다.

"아니, 귀가 왜?"

"귀가 엄청 커. 임금님 귀는 당나귀 귀처럼."

"내일 봐야겠다."

아이처럼 신기해하는 엄마의 표정에 웃음이 나왔다. 내일 아침에 그는 두 번째이자 마지막 면담을 하러 다시 올 것이다.

"수염이 얼마나 많은지 볼에 비빌 때 따가워 죽는 줄 알았네."

엄마가 가볍게 투덜거려 나는 또 웃었다. 큰일이다. 이렇게 시시한 이야기를 하며 웃을 수 있는 시간이 얼마 남지 않았다.

의사 면담을 마치고, 큰 숙제 하나를 끝낸 기분으로 침대에 나란히 누웠다. 엄마가 소매를 걷은 팔 안쪽을 보며 말했다.

"그림이 보여, 여기."

"무슨 그림?"

"여기 봐. 만화처럼. 캔디도 있고, 아톰도 있어."

"난 안 보이는데?"

아무리 들여다봐도 엄마의 팔은 깨끗했다. 아니 창백했다. 엄마가 말하는 그림이 뭔지 감도 잡지 못한 나는 엄마의 팔을 연신 쓸어주었다.

시간이 날 때마다 엄마는 착실하게 물을 마셨다. 기자들이 가까운 마트에서 물을 많이 사다 주어 불편함 없이 마실 수 있었다. 엄마가 말했다.

"나는 원래 마취도 잘되니까 금방 잠들 거야."

저녁 시간이 다가왔다. '최후의 만찬'이라는 말을 떠올리고 싶지 않았지만 어쩔 수 없었다. 엄마가 문득 빠네수프를 먹고 싶다고 했다. 여름철이라 레스토랑에는 차가운 토마토수프밖에 없었다. 그거라도 따뜻하게 데워주세요. 직원은 열을 가하면 맛이 없다며 단박에 거절했다. 지배인에게 근처에 수프 파는 곳이 있는지 물어보니 배달 앱을 알려주었다. 열심히 검색했지만 빠네수프는 없고 인도식, 중국식 수프만 나왔다. 마음이 조급하니 영어로 된 낯선 인터페이스도 눈에 잘 들어오지 않았다.

엄마에게 수프를 먹이는 게 지상 최대의 과제가 되었다. 나에게 빠네수프가 엄마의 해삼탕처럼 되게 하고 싶지 않았다. 집착하고 싶지 않았다. (그렇지만 엄마가 해삼탕을 좋아한 건 할머니의 마지막 소원을 들어주지 못한 것에 대한 집착이라기보다 돌아가신 할머니와 함께 먹는다는 감각 때문이었을 것이다. 내가 요즘 빠네수프를 먹을 때 엄마를 생각하는 것처럼.)

아빠는 어지럽고 속이 울렁거린다고 했다. 극심한 심리적 부담을 느껴 체했을 것이다. 엄마는 내게 비상약이 든 파란 가방을 가져오라고 한 뒤 아빠가 먹을 약을 찾아주었다.

나는 카린에게 주변에 수프를 파는 레스토랑이 있는지 물어봤다. 잠시 고민하던 카린이 말했다. 내가 사 가면 어떨까요? 나는 카린의 수프를 기다리는 쪽을 택했다. 결과적으로는 잘못된 선택이었다. 카린의 양송이수프는 매우 짰다. 그런데도 카린은 간장까지 가져왔다. (엄마는 카린이 만든 것 같다고 나중에 나한테만 살짝 말했다. 더 나중에 카린에게 물어보니 자기가 만든 거라고 자랑스럽게 말했다. 차마 짰다는 말은 할 수 없었다.)

취재진도 저녁 식사에 함께하고 싶어 했으나 카린이 내키지 않아 하는 바람에 그러지 못했다. 우리만의 오붓한 시간을 가져야 하지 않느냐는 취지였다. 게다가 디그니타스에서 일하며 다양한 언론인을 접하다 보니 자연스레 경계하는 습관이 든 것 같았다. 그들에게 양해를 구하고 카린과 아빠, 엄마, 나. 넷이서만 저녁을 먹었다. 엄마가 내일 떠나야 하는 상황이 아니었다면 호수가 보이는 테라스 카페에서의 낭만적인 식사였을 것이다. 아빠와 나는 스테이크, 카린은 튜나소스를 곁들인 콜드비프를 주문했다. 엄마는 수프를 몇 순갈 뜨지 못했는데 그나마 스테이크가 부드러워 몇 점 먹을 수 있었다. 나도, 아빠도 먹었지만 고기는 반 이상 남았다.

짧은 저녁 식사를 마치고 방으로 올라왔다. 그대로 헤어지기 아쉬워 카린도 함께 왔다. 그는 엄마와의 인연을 신기해했다. 엄마가 예정대로 8월 25일에 스위스로 왔다면 담당자는 베로니카라는 사람이었을 것이다. 우리가 일정을 앞당기는 바람에 휴가 중인 베로니카를 대신해 카린이 업무를 넘겨받게 되었다. 베로니카도 친절했겠지만 카린처럼 호텔에 마중 나오지는 않았을 것 같다. 그랬다면 우리는 엄마의 유골을 어디에 뿌릴지 계속 걱정했을 것이다. 아빠와 내가 유골을 받아 뿌릴 수도 있었겠지만 엄마는 본인이 떠난 뒤 우리가 스위스에 머물러 있기를 원하지 않았다. "시간 낭비"라고 딱 잘라 말했다.

나는 기적을 믿어요. 카린은 기적이 일어나 내일 엄마가 떠나지 않았으면 좋겠다고 말했다. 나는 얼마나 큰 기적이 일어나야 엄마가 떠나지 않을 수 있을지, 이 과정을 거치는 내내 상상해봤다. 그러나 우리는 너무 멀리 왔다. 카린이 말하는 기적은 판타지일 뿐이었다. 내게 기적은 엄마가 무사히 비행기를 타고 스위스까지 온 것이었으며, 엄마가 내일 무사히 마지막 소원을 이루는 것이다.

엄마는 차고 있던 귀걸이를 카린에게 선물했다. 진짜 다이아몬드는 아니었지만 18K였다. 카린은 몹시 기뻐하며 욕실에 가서 귀걸이를 하고 나왔다. 내가 크리스마스트리가 된 기분이에요!

8시쯤 되니 엄마가 지쳐갔다. 마침 비가 오기 시작했다. 나는 카린에게 슬슬 돌아가야 하지 않느냐고 물었다. 카린은 아직 괜찮다고 했다. 선의로, 함께 있고 싶어 하는 마음이 느껴져서 가라는 말이 차마 나오지 않았다. 엄마가 힘드니 이만 가달라고 정중히 부탁했어도 괜찮았을 텐데.

8시 반이 되었다. 다시 한번 카린에게 돌아가야 하지 않겠느냐고 넌지시 말했다. 폭풍이 거세지고 있는데도 카린은 더 머물고 싶어 했다. 9시가 넘은 시각, 그가 돌아간 뒤 엄마와 나, 둘 다 탈진했다. (서로에게 말한 적은 없지만 우리가 그 시간을 견딜 수 있었던 건, 카린이 엄마를 잘 뿌려주길 바라는 마음과 고마움 때문이었을 것이다.) 약을 먹은 아빠는 내내 구석에 있는 침대에 누워 있었다. 이래저래 컨디션이 좋지 않은 데다가, 전날 한숨도 못 잤으니 여든이 넘은 몸으로는 버티기 힘들었을 것이다.

한 시간 정도 쉬고 나서 기자들이 방으로 왔다. 근처 마트에서 산 과일을 접시 가득 깎아 와 송별회 분위기가 되었다. 엄마에게 선물할 꽃다발도 사다 주었다. 노란 장미가 너무 탐스럽고 어머니와 잘 어울릴 것 같았어요. 나는 노란 장미의 꽃말을 찾아봤다. 영원한 사랑, 완벽한 성취, 이별…. 연관 없을 것 같은 단어들이 우아한 꽃 안에 우리를 위해 담겨 있었다.

엄마와 아빠, 내가 보내는 마지막 밤을 취재진과 함께하게 되었다. 아쉽지 않다고 할 수는 없다. 하지만 그것도 엄마의, 우리의 선택이었다.

비바람 소리 탓에 창문을 전부 닫고 촬영을 시작했다. 여름의 한가운데였지만 덥지는 않았다. 카메라를 앞에 두고 엄마와 나란히 침대에 누웠다. 이런저런 얘기를 하며 엄마는 내 앞머리를 하염없이 쓸어 넘겼다. 이러다가 이마가 반질반질해질 것 같다는 생각이 들 정도로. 아마도 엄마는 앞으로 쓰다듬어주지 못할 손길을 그날 밤 전부 보상해주고 가고 싶었나 보다. 예전에 엄마 집에 가면 저녁을 먹고 돌아가기 전 엄마는 언제나 씻고 가라고 했다. 왜 씻고 가래? 우리 집에도 목욕탕 있는데? 내가 장난스럽게 말하면 엄마는 씻고 가면 편하잖아, 했다. 그것도 맞는 말이라 엄마 말대로 씻고, 머리를 말리고 있으면 엄마가 와서 말려주었다. 유방암 수술을 한 뒤부터 오른팔을 거의 쓰지 못하는 엄마

가 무거운 드라이어를 오래 드는 게 안쓰러워서 됐다고, 그
만해도 된다고 하면 엄마는 안 돼. 바짝 말려야지, 감기 걸
려, 하며 조금이라도 더 말려주고 싶어 했다. 그래도 나는
괜찮다고 사양했는데 이럴 줄 알았으면 엄마의 손길을 한
번이라도 더 받아놓을 걸 그랬다.

오늘, 하염없이 머리를 쓰다듬으며 엄마는 내게 몇 가지
를 당부했다.

"귀걸이는 언제나 깨끗이 닦아서 할 것."

잘 닦지 않아 알이 부옇게 된 귀걸이를 하고 다니면 만
날 때마다 엄마가 반짝반짝하게 닦아주곤 했었다.

"그게 그렇게 중요해?"

나는 투정하듯 물었다.

"응. 중요해."

엄마가 진지하게 답했다.

"알았어. 깨끗이 닦을게."

"죄악감을 느끼지 말 것. 엄마를 위해 최선을 다해주었
으니까 죄악감 가질 필요 없어. 세상에 우리 딸같이 엄마
안 아프게 도와주는 딸이 어디 있겠어요?"

엄마는 취재진을 보며 자랑했다.

"엄마 때문에 맨날 울고, 땀 흘리며 여기저기 뛰어다니

고…."

엄마는 나를 안쓰러워했고 나도 내가 안쓰럽다고 생각했다. 진짜 안쓰러운 사람은 엄만데.

"엄마 보고 싶으면 거울 보고 얘기해. 알았지?"

"응, 응."

"그리고 다른 사람 생각까지 미루어 짐작해서 스트레스 받지 마. 네가 보고 들은 걸로만 판단해. 쓸데없이 에너지 소모를 하지 말라는 뜻이야."

"응, 응."

"덤벙대지 말고, 조급증 금지. 건강 잘 챙기고."

그 뒤로도 엄마의 당부가 이어졌다. 하룻밤 동안 딸에게 모든 삶의 지혜를 전해주려는 듯. 이상하다. 스위스에서의 2박 3일은 지나치다 싶을 정도로 사소한 것들까지 기억하는데, 이때 엄마가 한 말들은 마치 꿈처럼 흐릿한 윤곽으로만 남아 있다. 엄마, 엄마.

둘만의 대화가 어느 정도 마무리되고, 엄마는 이해인 수녀의 「어떤 결심」을 낭독했다. 『희망은 깨어 있네』에 실린 이 시는 이해인 수녀가 암 투병할 때 쓴 작품으로, 엄마가 투병 생활할 때도 많은 힘이 되었다.

어떤 결심

마음이 많이 아플 때
꼭 하루씩만 살기로 했다
몸이 많이 아플 때
꼭 한순간씩만 살기로 했다
고마운 것만 기억하고
사랑한 일만 떠올리며
어떤 경우에도
남의 탓을 안 하기로 했다
고요히 나 자신만
들여다보기로 했다
내게 주어진 하루만이
전 생애라고 생각하니
저만치서 행복이
웃으며 걸어왔다

엄마는 나중에 다큐멘터리를 만들 때 화장터로 이동하
는 장면에서 이 시가 흘러나오면 좋겠다며, 디렉터 역할까지 했다. 나의 엄마, 조순복 씨는 오지랖이 넓었다. 내가 어릴 적, 내 기억이 시작될 때부터.

엄마의 머리카락도 잘랐다. 간직할 목적이었다. 마침 피디에게 작은 가위가 있었다. 싹둑싹둑, 뒤통수에서 한 움큼 잘라냈다.

"많이, 더 많이 잘라. 다 잘라도 돼."

나도 많이, 전부 다 자르고 싶었지만 그러지 못했다. 엄마가 마지막까지 예쁜 모습으로 남아 있기를 바랐다.

"나중에 복제인간 기술이 상용화되면 엄마 머리카락으로 복제해도 돼?"

내 물음에 엄마는 잠시 고민하다가 답했다.

"그래, 그렇게 해."

기자들이 SF 작가답다며 재미있어했다. 나는 엄마의 허락에 안도하다가 곧 작은 고민에 빠졌다. 겉모습은 같겠지만 결코 엄마랑 같은 사람은 아닐 텐데.

엄마는 스위스에 남기로 했다. 만에 하나 엄마 말을 듣지 않고 유골을 한국으로 가져가면 귀신이 되어서도 나를 혼내주겠다고 했다. 한국에서 고통을 너무 많이 받았다고, 돌아가고 싶지 않다고, 공기 좋고 아름다운 곳에서 마음껏 날

아다니고 싶다고. 스위스 사람으로 환생하고 싶다는 말도
했다. 그래서 우리에게 머리카락이라도 남겨주고 싶었나
보다. 많이, 더 많이.

엄마와 나는 함께 노래도 불렀다. 블루하우스에서는 약
을 먹고 기다리는 동안 원하는 음악을 들을 수도 있다고,
기자가 무슨 음악을 듣고 싶은지 물었을 때였다.

"음악?"

엄마는 잠시 생각에 잠겼다.

"음… 〈G 선상의 아리아〉?"

"〈과수원길〉 말고?"

내가 끼어들었다. 〈과수원길〉은 엄마와 내가 지난가을
산책하면서 불렀던 노래인데 그 뒤로 우리 주제가가 되
었다.

"맞다."

엄마가 노래를 부르기 시작했고, 나도 엄마의 눈을 보며
함께 불렀다. 동구 밖 과수원길 아카시아꽃이 활짝 폈네.
우리는 얼굴 마주 보며 생긋,이라는 가사에서 서로를 마주
보고 생긋 웃었다. 빨갛게 물든 코, 눈에 고이는 눈물. 안
울려고 참았는데 결국 울었네. 나도. 엄마와 나는 울다가
웃고는 코맹맹이 소리로 노래를 끝까지 불렀다.

자정이 되어가고 엄마가 너무 힘들어 보였다. 슬슬 노란 장미를 선물하고 촬영을 마무리할 때였다. 엄마에게 꽃다발을 건네며 준비한 말을 했다.

"엄마, 마지막 밤에 엄마를 위한 노란 장미를 준비했어. 엄마 지금 입고 있는 옷처럼 노란색, 병아리색 좋아하잖아. 노란 장미의 꽃말이 완벽한 성취래. 내일 행복의 나라로 가면 아프지 말고 노란 나비가 되어, 아니 노란 새가 되어 훨훨 날아가. 마음껏 어디든 날아다녀."

울먹이며 겨우겨우 말했다. 취재진도 울고 엄마도 울었다. 나는 울면서도 나비라니 이건 아닌데, 싶었다. 그들이 돌아가고 엄마에게 "나비 어땠어? 촌스럽지 않았어?"라고 물었다. 엄마는 "응. 좀 그랬어. 구식."이라며 콧잔등을 찡그렸다. 역시 우리 엄마다. 솔직하고 가차 없다.

촬영이 끝나고 아빠와 나, 엄마, 셋이 남았다. 엄마는 오늘만큼은 머리를 감고 싶어 했다. 우리도 엄마를 찜찜한 상태로 보내고 싶지 않았다. 아빠와 나는 휠체어를 욕실 안에 넣어보기도 하며, 어떻게 하면 머리를 감을 수 있을지 궁리했다. 그러다 우리 둘만으로는 도저히 안 될 것 같아 취재진의 도움을 받기로 했다. 기자와 막내 피디가 왔지만 엄마가 욕조에 들어가는 건 너무 위험했다. 하다 하다 다 같이 벗고 욕조에 들어가면 어떻겠냐고 묻자 두 사람은 난처해했다. 내가 생각해도 무리한 부탁이었다. 그때 아빠가 해결책을 생각해냈다. 변기에 옆으로 앉아 머리를 감으면 되겠는데? 욕실은 입구 바로 왼쪽에 세면대가 있고, 그 옆에 변기, 가장 안쪽에 욕조가 있는 구조였다. 그리고 변기와 욕조 사이에 다리를 둘 만한 좁은 공간이 있었다. 팬티만 입고 감아야겠다, 엄마가 말했고 나는 부지런히 웃옷을 벗겼다. 엄마의 벗은 몸을 본 취재진이 자기도 모르게 안쓰럽다는 듯 한숨을 내뱉었다. 암으로 도려낸 오른쪽 가슴, 척추를 따라 길게 이어진 허리 수술 흉터, 피부로 전이된 암. 울긋불긋한 흉터투성이의 몸은 오래된 봉제 인형 같았다. 차라리 인형이라면 떠나보내지 않아도 될 텐데. 언제까지고 정성스레 깁고 또 기워 내 곁에 둘 텐데.

조심스레 엄마를 변기 위에 앉혔다. 기자와 피디가 양쪽에서 잡아줘서 마침내 머리를 감을 수 있었다.

"아, 션해. 아, 션해."

이틀 만에 머리를 감으며 엄마는 너무나 시원해했다. 빨리, 깨끗이 엄마를 씻겨야 한다는 부담을 느끼면서도, 그 순간만큼은 내 마음까지 시원했다. 도와주느라 옷이 다 젖은 취재진도 덩달아 후련해했다.

머리 감기를 끝내고 마무리로 얼굴을 씻기려 아빠에게 벽에 붙은 샤워젤을 짜달라고 했다. 내 손에 묻혀달라고 했는데 아빠가 다짜고짜 엄마 정수리에 척 묻혔다. 순간 참아왔던 감정들이 폭발했다. 모두가 보는 앞에서 성질을 냈다. 그러면서도 얼른얼른 비눗기를 헹구고 엄마 씻기기를 완수했다. 취재진이 가고 아빠에게 왜 그랬냐고 물어보니 컨디셔너인 줄 알았다고 했다. 컨디셔너라도 그렇게 정수리에 묻히면 안 되지! 아빠는 아빠 나름대로 화를 내며 내가 사람들 앞에서 자기를 무시했다고 엄마에게 토로했다.

내가 화장실에 들어가 있을 때였다.

"무시한 거 아니야. 딸내미도 잘하려고 하는데 뜻대로 안 되니까 속상해서 그렇지. 내가 가면 둘이 싸우지 말고 잘 지내야 해. 알았지?"

엄마가 아빠를 달래는 소리를 들으며 화장실 안에 잠시 머물러 있었다. 엄마는 떠나기 전날까지 자기보다 우리에게 더 신경을 썼다. 구제불능 남가네 종자들. 나는 사춘기에 말을 듣지 않을 때 엄마가 입버릇처럼 하던 말을 속으로 되뇌었다.

스위스에서 엄마를

자기 전에 엄마에게 마스크팩을 붙여주었다. 엄마가 고운 모습으로 떠나기 위한 준비물 중 하나였다.

"맞다. 마스크팩 같이 하는 것도 촬영하자고 했었는데."

엄마가 말했다. 우리는 출국하기 전 이런저런 계획을 짰는데 떠나기 전날 마스크팩을 나란히 붙이기로 했었다.

"괜찮아. 엄마 혼자 해."

그때 왜 그렇게 말했을까? 둘이 나란히 마스크팩을 하고 셀카라도 찍어놓을걸. 엄마를 덜 외롭게 할 수도 있었는데 그러지 못했다. 아무리 후회해도 돌이킬 수 없는 일들.

침대에 누워 우리는 사랑한다는 말을 수없이 하고 잠들었다. 아니 잠을 자자, 말했을 뿐 잠은 오지 않았다. 엄마가 어떤 심정일지 짐작도 되지 않았다. 스위스에 와서 울던 첫날 밤을 제외하고, 엄마는 줄곧 담담하고 용감했다. 엄마는 자신의 선택으로 고통을 물리친다는 사실이 기뻤을 것이다. 진심으로.

폭풍이 몰아치는 밤이었다. 창문이 덜컥거릴 정도로 비바람이 거셌다. 엄마가 내일이면 사라진다는 사실이 여전히 믿기지 않았다.

엄마를 보내고 싶지 않아. 그래도 받아들여야 해. 엄마가 아프지 않은 곳으로 가는 거니까.

엄마와의 마지막 밤. 나는 눈물을 먹는 법을 배웠다.

엄마, 안녕

8월 3일. 밤새 잠을 자지 못했다. 당연한 일이다. 나는 화장실에 다섯 번이나 갔다. 몹시 힘이 들거나 마음을 졸인다는 관용구로 '똥끝이 탄다'는 말을 실감했다. 엄마는 수면제를 먹고 세 시간가량 잤다.

깜박 잠들었다가 눈을 떴을 때 가슴이 철렁했다. 나는 소설을 쓸 때 '가슴이 철렁하다'는 표현을 되도록 쓰지 않았다. 너무 낡은 비유라고 생각했기 때문이다. 하지만 그 느낌을 다른 말로 표현할 방법을 찾지 못하겠다. 가슴에서 무언가 무거운 덩어리가 뚝 떨어지는 느낌이 물리적으로 느껴졌으니까. 얼른 휴대폰을 봤다. 새벽 3시였다. 다시 눈이 감겼다. 두 번째 깼을 때는 4시 44분이었다.

6시쯤 엄마가 일어났다. 나도 일어났다.

"새벽 3시에 눈이 떠졌는데 가슴이 철렁했어."

내가 말했다. 엄마는 "뭐 때문에 철렁해. 그럴 필요 없어. 죄책감 가질 필요 없어."라며 또 내 머리를 쓸어주었다. 산책하다 넘어진 일이나, 내가 먹고 싶다고 해서 만든 오징어 볶음을 먹고 체한 일은 엄마가 오늘 가게 되는 거랑 아무 상관이 없다고. 엄마는 출국 전날 내가 했던 하소연을 기억하고 있었다. 그때는 네 마음까지 배려할 여유가 없다고 했으면서, 막상 떠나기 전에는 딸의 마음을 보듬어주었다.

"오늘 떠날 생각을 하니 기분이 좋아. 행복하다."

엄마는 노래하듯 말하며 정성껏 화장을 했다. 긴장한 기색은 없었다. 죽는 날에도 예쁘게 가고 싶어. 엄마가 입버릇처럼 말했듯 떠나는 날에도 곱게 화장했다. 작고 동그란 돋보기 거울을 보며, 눈이 잘 보이지 않을 텐데도 침착하게 초점을 맞추며.

나는 화장을 마친 엄마에게 연습장과 펜을 내밀며 엄마 얼굴을 그려달라고, 나를 사랑한다고 써달라고 했다. 엄마는 자기 얼굴을 그리고 이렇게 썼다.

내 딸아!
많이 많이 사랑햐
사랑하는 엄마가-
2023. 8월 3일 목요일
누워서 그려서 엉망이네 ♡

사랑해 대신 사랑햐,라고 써야지. 엄마는 장난스러운 웃음을 지었다. (떠나는 엄마보다 남겨진 나를 위해 엄마가 그린 그림을 가지려고 하다니 얼마나 이기적이었는지! 그렇지만 책상 위에 놓인 그 그림을 볼 때마다 나는 많은 위안을 얻는다. 사진과는 다르다. 사진은 마치 박제된 것처럼 엄마를 사진 속 모습으로만 기억하게 한다. 하지만 그림을 보면 그림을 그리던 엄마의 모습이 떠오른다. 펜을 쥔 엄마 손의 각도. 신중하면서도 과감하게 선을 긋던 동작. 진지한 얼굴. 엄마의 숨결. 따뜻한 체온. 그러므로 나는 내 이기심에 대해 후회하지 않는다. 오히려 칭찬한다.)

아침 7시. 호텔 레스토랑으로 내려가 엄마가 먹을 크루아상, 스크램블드에그, 오이, 토마토, 딸기요거트를 갖고 방으로 돌아왔다. 아빠는 식당에서 먹겠다고 했다. 우리는 방에서 천천히 조식을 먹었다. 다행히 엄마가 맛있게 먹었다.

마무리로 딸기요거트를 한 순갈씩 먹고 남은 걸 세면대에 헹궈버렸다. 조금 뒤 엄마가 딸기요거트를 찾았다.

"어? 버렸는데?"

"버렸어?"

"다 먹은 줄 알고. 더 먹을래?"

"응."

부랴부랴 로비로 내려가니 딸기요거트가 없었다. 대신 베리요거트를 가져와 엄마와 나눠 먹었다. 딸기요거트 더 먹으면 좋겠다고 엄마가 무심코 말했다. 나는 없으면 어쩌나 마음을 졸이며 다시 레스토랑으로 갔다. 진열된 건 없었다. 혹시 하는 마음에 직원에게 물어봤다. 찾아보겠다며 주방에 다녀온 직원의 손에는 딸기요거트가 들려 있었다. 딱 한 개 남았네요. 그가 웃었다. 감사합니다. 나는 안도하며 엄마에게 딸기요거트를 가져다주었다. 고작 딸기요거트를 먹을 수 있도록 하는 게 떠나기 몇 시간 전 엄마에게 내가 해줄 수 있는 전부였다.

8시에서 8시 15분 사이에 오겠다던 닥터 M은 8시 30분이 되어서야 왔다. 오늘의 인터뷰는 짧고 간단합니다. 그가 말했다.

"당신은 아직도 죽기를 원합니까?"

"네."

엄마의 대답은 변함없었다. 닥터 M은 한 번 더 물었다.

"확실합니까?"

"그렇습니다."

확고한 대답. 그것으로 면담은 끝났다. 닥터 M은 디그니타스에 처방전을 보내겠다고, 10시에서 10시 반 사이 블루하우스에 가면 된다고 했다.

"엄마, 귀 봤어. 진짜 크더라."

닥터 M이 가고 내가 말했다.

"그치? 진짜 크지?"

엄마가 맞장구쳤다. 우리는 조금 웃었다.

마지막 인터뷰가 끝난 뒤 취재진과 간단한 촬영을 했다. 엄마가 화장하는 장면을 찍고 싶다고 해서 립스틱 바르는 장면만 짧게 찍었다. 그림 그려주는 장면을 찍으면 어떻겠냐고 내가 제안했다. 한 장 더 갖고 싶은 욕심도 있었다. 그런데 엄마가 긴장했는지 잘 그려지지 않았다. 몇 번의 실패 끝에 새벽에 그린 그림으로 대체하기로 했다.

사인해주세요. 촬영을 마친 P 피디가 엄마에게 말했다. 자신이 손으로 쓴 엽서를 엄마에게 주었다. 엄마는 피디의 엽서를 읽다가 울었다. 뒷면에 쓴 윤동주의 「반딧불」이란 시도 소리 내어 읽었다.

　　반딧불

　　가자 가자 가자
　　숲으로 가자
　　달 조각을 주우러
　　숲으로 가자

　　그믐밤 반딧불은
　　부서진 달 조각,

　　가자 가자 가자
　　숲으로 가자
　　달 조각을 주우러
　　숲으로 가자

　엄마는 피디에게 핑크리본 브로치를 주었다. 안경, 귀걸이, 시계, 브로치… 자신에게 있는 걸 모두 다른 이에게 나눠주었다. 오스카 와일드의 『행복한 왕자』가 된 것처럼.

9시 반, 블루하우스로 출발했다. 전날 밤의 폭풍은 악몽이었던 듯 사라지고 우리 앞에는 새파란 하늘이 펼쳐져 있었다. 지배인이 주차장까지 엄마를 업어주었다. 엄마는 그에게 감사의 팁을 건네고 오늘이 자신의 마지막 날이라고 말했다. 나는 엄마가 디그니타스, 조력사망 기관에 간다고 덧붙였다. 그는 좀 놀란 듯 눈을 크게 떴지만 곧 행운을 빌어주며 엄마와 포옹하고 작별 인사를 했다. 차 문을 닫고 출발하려는데 아빠가 보이지 않았다. 잠깐 화장실에 가셨으려니 하고 기다렸다. 돌아온 아빠는 손에 빨간 열매를 들고 있었다. 보리수나무 열매였다. 호텔 담장에 있는 게 눈에 띄어 따 왔다며 엄마에게 선물했다. 엄마는 아이처럼 기뻐했다. 보리수나무에 달린 열매는 네 개.

"우리나라 사람들은 4를 죽을 사(死)랑 연관지어서 꺼리지만 난 4를 좋아해요."

엄마는 보리수 열매에서 눈을 떼지 않은 채 말했다. 엄마에게 4는 행운의 숫자라고, 첫 허리 수술하러 들어갈 때 4시 44분이었고, 수술실도 4호였다고.

1944년, 넷째 딸로 태어난 엄마는 우리 네 식구를 소중히 여기는 사람이었다. (거실에 십이간지 미니어처도 띠별로

네 개, 욕실에 도자기로 만든 연두색 개구리 인형도 크기별로
네 개 있었다. 바닷가에서 조개껍데기도 네 개를 주워 오던 엄
마다. 열매 네 개에도 우리 식구를 비춰봤을 것이다.) 엄마가
보리수 열매를 만지작거리다 하나가 떨어졌다. 아마도 가
장 잘 익은 열매였나 보다. 그래도 하필 한 개만 떨어진 게
속상했다. 엄마는 블루하우스로 가는 내내 떨어진 열매를
이어 붙이듯 손에 꼭 쥐고 있었다.

　페피콘에 있는 블루하우스로 가야 하는데 목적지를 헷
갈려 포치에 있는 디그니타스 오피스로 갔다. 차 안에 있는
시간이 길어졌다. 엄마가 초조해하는 것 같아 속이 타면서
도 우리가 함께 있는 시간이 조금이라도 늘어나 감사했다.
　다시 블루하우스를 찾아가는 길, 카린에게서 연락이 왔
다. 아직 입금 확인이 되지 않았다는 것이다. 송금 내역을
찾아 보내주겠다고 하니, 천천히, 모든 일을 마친 뒤 확인
해주면 된다, 지금은 엄마에게 집중하라고 말해주었다. 카
린과 통화하면서 휠체어를 호텔에 두고 온 걸 알았다. 차에
서 내려 입구까지 타고 가야 하는데. 당황하는 내게 카린이
괜찮다고, 블루하우스에 있는 걸 쓰면 된다고 했다.
　포치에서 페피콘까지 40분쯤 걸렸다. 가는 길은 지나치

게 아름다웠다. 우리가 스위스라는 키워드를 검색하면 나오는 이미지를 가져와 펼쳐놓은 것처럼. 새파란 하늘, 연초록 잔디, 검은 소들과 갈색 말들. 엄마는 풀을 뜯어 먹는 말들을 가리키며 말했다. 자동 잔디깎이. 기자도 밖을 내다봤다. 정말 그렇네요. 나는 뒷자리에 앉아 소리 내지 않고 울고 웃었다.

"어머니는 무슨 초콜릿 좋아하세요."

기자가 물었다.

"다크초콜릿."

엄마가 대답했다. 뒤에 있던 내가 끼어들었다.

"약이 쓴데? (초콜릿도 쓰면) 이열치열이야?"

"응. 이열치열."

엄마는 가볍게 말했다. 우리는 그런 농담 아닌 농담을 나누며 블루하우스로 향했다. 엄마의 마지막 소원을 이루러 가는 길이 너무 무겁지 않도록.

마침내 블루하우스에 도착했다. 차에서 내리기 전, 기자가 엄마에게 마지막 인사를 부탁했다.

"가시기 전에 영상을 볼 시청자들에게 한 말씀 해주세요."

"할 말, 글…쎄."

내내 의연하던 엄마가 처음으로 주저했다. 할 말이 없는데. 한참을 망설이던 엄마는 지금까지와 다른, 조금은 어색한 표정으로 말했다. 참을 수 없는 통증을 끝내기 위해 힘들게 비행기를 타고 스위스에 왔다. 아픈 분들이 저와 같은 고생을 하지 않도록 한국에서도 조력사망을 할 수 있었으면 좋겠다. 여러분, 모두 행복하시길 바랍니다.

잘 기억나지 않지만 대략 이런 내용이었다. 마지막 인사를 하며 엄마는 끝내 울음을 터뜨렸다. 명치 아래 고였다가 픽, 하고 치오른 듯이.

엄마가 취재진의 도움을 받아 차에서 내리는 사이 나는 블루하우스로 뛰어가 휠체어를 가져왔다. 엄마는 취재진과 마지막 인사를 나눴다. 기자를 오래 안아주면서 "성공해, 성공해." 몇 번이나 속삭였다.

블루하우스는 회색에 가까운 푸른색이었다. 문도 파랗고, 건물도 파랬다. 밖에는 담쟁이덩굴이 우거진 낮은 나무 울타리가 있었다. 안쪽에는 작은 정원과 연못이 있고, 조력사망을 위한 방으로 가는 두 개의 입구가 있었다. 블루하우스에서는 하루에 두 사람씩만 조력사망을 하는데 사생활 보호를 위해 두 사람의 동선이 겹치지 않도록 설계되어 있다.

우리는 정문에서 가까운 쪽의 방으로 들어갔다. 아이린이 앞으로 나서서 엄마를 맞았다. 타냐는 뒤에서 조용히 인사했다. 입구 옆에는 타원형 탁자가, 그 맞은편에 리클라이너 소파가 있었고, 방 안쪽에 침대와 협탁, 스툴이 있었다. 전반적으로 노란색과 나무 색조로 이뤄진, 아늑한 느낌을 주는 공간이었다.

엄마는 휠체어에 탄 채 탁자 앞에 앉았다. 이 일을 진행하는 데 필요한 서류가 탁자 위에 놓여 있었다. 먼저 서류에 서명을 하고, 구토억제제를 마신 다음 가족과 충분한 시간을 보내고 약을 마십니다. 구토억제제를 마신 뒤 최소 30분이 지나야 펜토바르비탈을 마실 수 있어요. 아이린이 설명했다. quick, quickly, please. 엄마는 빨리 진행하기를 원했다. 그래서 구토억제제부터 마시고 서명하기로 했다. 아이린이 건넨 구토억제제를 들이켜고, 개운한 듯 한숨을 내쉰 엄마는 자발적 자살 확인서(Voluntary Suicide Declaration)와 디그니타스에 사망 진단 관련 내용을 위임한다는 서류에 서명했다. 적법한 절차로 사망이 이뤄졌음을 증명하기 위한 서류였다. 여권과 안경을 그들이 보관하다가 사망 진단서와 함께 보내주겠다는 서류에는 내가 서명했

다. 여권은 신원 확인을 위해, 안경은—엄마가 여권 사진
을 찍을 때 안경을 써서—동일인임을 확인하려면 필요할
수도 있기 때문이었다.

　각 서류는 세 장씩, 여섯 번의 사인을 전부 마쳤다. 아이
린이 약을 먹은 다음에는 크게 심호흡해야 한다고 알려주
었다. 그가 엄마와 함께 심호흡해주기로 했다. 손을 잡고
연습도 했다. 숨을 크게 들이마시고 내쉰 엄마가 눈을 동그
랗게 뜨고 말했다. 아이를 낳을 때 의사나 간호사와 함께
호흡하는 거랑 비슷하네요. 우리 모두 크게 웃었다. 나는
마지막 순간까지 엄마가 웃음을 잃지 않았다는 사실에 조
금 안도했다.

　엄마는 숨이 끊어지기까지 몇 분이나 걸리냐고 물었다.
이 질문은 닥터 M에게도 했었다. 사람에 따라 다르지만,
보통 2분에서 5분 정도 걸려요.

　"너무 길다."

　엄마의 작은 한숨. 엄마는 단 몇 초라도 고통을 연장하기
싫었을 것이다.

　아이린은 약이 매우 쓰다며 약을 마신 다음 초콜릿을 먹
을지 라즈베리시럽을 마실지 물었다. 물론 둘 다 먹어도 된
다. 엄마는 주저함 없이 말했다. 초콜릿이면 충분해요. 그

리고 덧붙였다. 약이 얼마나 쓴데요?

아이린은 그것도 사람마다 달라서 어떤 사람은 마실 만하다고 하고 어떤 사람은 정말 쓰다며 오만상을 찌푸린다고, 얼굴을 찌푸리는 시늉까지 했다. 이어 약을 마신 다음 일어날 일들에 대해 설명해주었다. 아빠와 나는, 엄마가 떠난 뒤 경찰이 오기 전까지 이곳에 있을 수 있다. 경찰은 빠르면 30분, 길면 한두 시간 뒤에 부검의와 같이 온다. 가족들은 그들이 도착하기 전 자리를 피해야 하는데 그대로 돌아가도 되고 경찰 조사와 부검의의 검시가 끝난 뒤 블루하우스로 돌아와도 된다. 그렇지만 곧 장의사가 오기 때문에 긴 시간 함께 있을 수는 없다. 만약 블루하우스에 다시 오겠다면 근처 카페에서 대기하면 된다.

마지막으로 아이린이 엄마에게, 떠날 때 가져가고 싶은 물건이 있는지 물었다. 엄마가 가볍게 고개를 저었다.

"아무것도 없어요."

"엄마, 모자 쓰고 가."

내가 끼어들었다.

"괜찮아. 네가 갖고 있어. 나중에 써."

"알았어. 내가 쓸게."

"그래, 그래야 돼."

아무것도 필요 없어, 다시 한번 확인하듯 말하던 엄마가
앗, 조금 놀라며 보리수 열매를 가져가겠다고 했다. 좋아요,
아이린이 미소 지었다.

아이린이 엄마에게 약을 마실 때 침대에서 할지 소파에
서 할지 물었다. 엄마는 바로 침대,라고 답했다가 약간 걱
정스러운 얼굴로 어떤 쪽이 좋으냐고 물었다.
　　"둘 다 편하니 원하시는 대로 고르면 돼요."
　　"그래도, 사람들이 많이 선택하는 쪽이 어디예요?"
　　"각자 사정에 따라 다르긴 한데요⋯."
　　한참을 결정하지 못하는 엄마를 보며 함께 고민하던 아
이린의 표정이 순간 밝아졌다.
　　"다리 상태에 따라 결정하면 되겠어요. 다리를 폈을 때
와 의자에 앉았을 때, 어느 쪽이 더 편해요?"
　　"다리를 폈을 때요."
　　"그러면 침대에서 하는 게 낫겠어요."
　　나는 노란 시트 위에 해바라기 커버를 씌운 베개가 놓
인 침대 쪽으로 휠체어를 밀고 갔다. 엄마가 화장실에 가고
싶다고 했다. 조금 전 내가 다녀온 화장실이 좁아 잘 들어
갈 수 있을지 걱정했는데 아이린이 그 옆의 화장실로 이끌

었다. 거긴 방만큼이나 넓었다. 엄마는 생의 마지막 소변을 보고 거울도 봤다. 마지막으로 거울에 비친 자기 얼굴을 보는 엄마에게 나는 왜 우리 엄마 예쁘다는 말도 하지 못했을까.

방으로 돌아온 엄마는 침대에 누웠다. 신발은 신어도 된다고 했는데 홀가분하게 벗기로 했다. 리클라이너 침대라 등받이를 조절해 편히 기댈 수 있었다. 엄마, 사랑해. 나도 많이 사랑해. 잘 가, 잘 있어 같은 작별 인사는 하지 않았다. 오직 사랑해, 뿐이었다.

나는 엄마의 마지막 모습을 남기고 싶어 동영상을 찍었다. 엄마는 "내가 평소에 스위스를 좋아해서, 스위스에 와서 친절한 사람들을 한꺼번에 만나고 마지막 소원을 성취하게 되었어요."라며 감사 인사를 했다. 아이린과 타냐가 있어서인지 엄마는 되도록 영어로 말하려 했다.

"엄마가 아주 많이 아팠는데, 이제는 다시 안 아프려고 여기 왔어요. 내 사랑하는 my family, my daughter, my husband, I'm sorry, thank you. 이 눈물은 결코 슬퍼서 흘리는 눈물이 아니에요. 행복해서 흘리는 눈물이에요."

아빠가 바지 주머니에서 주섬주섬 휴지를 꺼내 엄마의 눈물을 닦아주었다. 엄마가 창밖을 가리켰다.

"Clouds look at me."

엄마 말대로 구름이 엄마를 내려다보고 있었다. 동글동글 귀여운, 누군가 파란 하늘에 정성껏 그려 넣은 듯한 구름이었다. 엄마는 구름을 보며 우리가 함께 본 〈가구야 공주 이야기〉를 떠올렸을까? 애니메이션이 끝나갈 무렵, 달에서 온 천인들이 천상의 선율을 연주하며 가구야 공주를 데려간다. 천인들이 타고 온 마차는 구름으로 만들어졌다. 참 좋다. 엄마는 그 장면이 마음에 드는 듯, 반달눈을 하고 말했었다.

엄마가 약을 먹어도 되냐고 물었다. 아이린은 조금만 더 기다려달라고 했다. 그사이 또 정신없이 사랑한다는 말을 나눴다. 사랑해, 사랑해. 언제까지나.

5분쯤 지나고 이제는 약을 먹어도 되냐고, 다시 묻는 엄마. 아이린이 그러라고 했고 나는 울음을 터트렸다. 엄마가 안쓰럽다는 눈길로 나를 보았다.

"울면 속상해."

아이린은 우리 세 사람의 사진을 찍어주며 내게 약 먹는 모습은 찍지 말라고 당부했다. 약을 받기 전, 엄마는 단번에 마셔야 하는지 물었다. 아이린은 두 번에 나눠 마시는 것도 가능하고, 되도록 끊기지 않게, 편안히 마시면 된다고 찬찬히 알려주었다. 그리고 펜토바르비탈이 든 약병을 들어 뚜껑을 따고 유리컵에 따랐다. 시럽처럼 농도가 짙어 보이는 투명한 액체였다. 아이린이 약이 담긴 컵을 엄마에게 건넸다.

엄마는, 조금의 주저함도 없이 약을 마셨다. 의사와 연습하던 때처럼 벌컥벌컥, 단숨에.

줄곧 뒤에 서 있던 타냐가 엄지손톱만 한 다크초콜릿을 잘라 한 조각을 엄마에게 먹여주었다. 초콜릿을 더 원하냐는 물음에 엄마는 한 조각을 받아 들고 그걸 또 반으로 자르려 했다. 타냐가 얼른 반으로 잘라 먹여주었다. 그러고 나서 아이린이 엄마와 함께 심호흡했다. 들이마시고, 내쉬고. 딱 한 번이었다. 엄마가 침대에 등을 기대며 말했다. Hot. 더워? 내가 물었다. 아니, 뜨거워. 몸에서 열이 나. 아이린이 우리를 안심시켰다. 걱정 말아요. 자연스러운 반응이에요. 곧이어 엄마가 어지럽다고 했다. 아이린이 그것도 괜찮다고 말하는데 엄마가 눈을 감고 잠들었다. 내가 사랑해,라고 말해도 대답하지 않았다. 이렇게 빨리? 아이린과 타냐가 놀랐다. 나는 놀라지 않았다. 어제 엄마가 말한 대로, 엄마는 마취가 빨리 되니까 빨리 잠든 것이다. 의사가 경련하는 사람도 있다고 해서 걱정했는데 엄마는 미동도

하지 않았다.

　아이린이 내게, 엄마가 더 이상 고통을 느끼지 않는다고 말해주었다. 엄마의 얼굴은 놀랄 만큼 평온했다. 고통에서 해방된 편안한 얼굴. 엄마는 약한 숨을 고르게 쉬었다. 목에서는 여전히 맥이 뛰고 심장도 약하게 뛰었다. 시간이 흘렀다. 숨결이 약해졌다. 약한 맥이 30분간 지속되었다. 그리고 완전히 멈췄다.

　스위스 시각으로 8월 3일 오후 12시 30분, 한국 시각으로 오후 7시 30분이었다.

　가장 먼저 피부색이 변했다. 처음에는 얼굴이 거무스름해지더니 시간이 좀 더 흐르자 노랗게 되었다가 나중에는 하얘졌다. 팔에는 얼룩, 시반이 나타났다. 보랏빛 혈관들이 뭉쳐 어떤 무늬 같은 걸 만들어냈는데 그 모양이 만화 캐릭터와 닮아 있었다. 나는 전날의 대화가 떠올랐다. 엄마 말처럼 아톰도 있고 캔디도 있고 마징가도 있었다. 엄마는 자신의 미래를 본 걸까?

　암의 양상도 달라졌다. 피부로 전이된 암세포는 엄마가 살아 있을 때는 산모기에 물린 것처럼 단단하고 붉게 부풀어 있었는데 엄마가 떠나고 나니 창백해지고 작아졌다. 엄마의 배에 가만히 손을 얹었다. 위장에 테니스공처럼 딱딱하게 뭉쳐 있던 암세포도 납작해졌다. 나도 모르게 "엄마가 이겼다. 암새끼들아!"라는 욕이 큰 소리로 튀어나왔다. 엄마는 암세포와 더불어 살고자 했지만 그놈들은 엄마에게 끝없는 고통을 안겨주었다. 엄마가 "내가 죽으면 너희도 죽어. 좀 적당히 하자."고 부탁할 때도 들어주지 않았다. 오히려 기승을 부리며 뼈로, 피부로, 위장으로, 폐로 마구 뻗어나갔다. 항암치료를 열심히 받았지만 약의 효과보다 부작용이 더 컸다. 결국 엄마는 스스로 죽음을 선택했고, 그것은 암세포들의 죽음을 의미했다. 엄마는 그들을 한방에 물리쳤다. 엄마도 함께 떠나야 했지만, 나는 엄마가 승리했다고 믿는다. (나는 기본적으로 병을 싸워야 하는 대상으로 보지 않는다. 병이 싸워서 이겨야 하는 대상이라면 병을 극복하지 못한 이는 패자가 되는 셈이다. 그런 시각은 폭력적이고 거친 면이 있다. 지금도 그 생각에는 변함이 없다. 그러나 소중한 이의 죽음 앞에서 논리 따위는 중요하지 않다.)

나는 울었다. 아빠도 울었다. 아이린은 실컷 울라고, 눈물을 다 흘려보내야 한다고 했다.

엄마의 입이 살짝 벌어져 있었다. 엄마는 죽은 다음에도 예쁜 표정을 짓기를 바랐다. 간혹 입버릇처럼 말하기도 했다. 엄마가 죽을 때 옆에 있다가 입을 얼른 다물려줘. 벌어지게 두지 말고.

예전에 엄마는 할머니가 돌아가신 날의 이야기를 해주었다. 임종 소식을 듣고 부랴부랴 병원에 가니 할머니의 입이 약간 벌어져 있었다. 다물려주고 싶었지만 이미 사후경직이 일어난 후라 그럴 수 없었다. 엄마에게는 못내 마음에 남는 일이었는지도 모른다. 나는 엄마의 말을 「다이웰 주식회사」에 대사로 쓰기도 했다.

"있잖아, 시현아. 사람이 죽으면 입이 벌어진다던데, 내가 죽을 때 꼭 옆에 있다가 내 입을 예쁘게 다물려줘야 해."

나는 엄마의 입이 다물어지게 턱을 받쳤다. 그걸 본 아이린은 대부분이 입을 벌리고 간다고, 자연스러운 현상이니 그냥 두어도 괜찮다고 말했다.

"엄마가 그런 걸 원하지 않았어요. 반드시 다물려줘야 해요."

나는 고집스럽게 턱을 받친 채 말했다.

생전엔 그랬을지 몰라도 이제 엄마에게 더는 그런 것이 중요하지 않아요. 아이린이 온화한 미소를 지으며 말했다.

하지만 나는 엄마와의 약속을 지키고 싶었다. 거의 필사적으로, 엄마가 입을 다물도록 턱을 감싸고 있었다. 아빠와 교대하기도 했다. 내가 포기할 기색이 없자 아이린은 우리만의 시간을 보내라며 밖으로 나갔다. 그런데 5분쯤 지나고 아이린이 나이가 지긋한 직원과 함께 돌아왔다. 짙은 머리칼을 짧게 자른 직원은 수건을 들고 있었다. 그 직원이 수건을 가로로 돌돌 말아 엄마의 턱 밑에 고여주었다. 엄마의 입이 꼭 다물어졌다. 그제야 한시름 놓았다. 엄마와의 약속을 지킬 수 있어 기뻤다. 무엇보다 엄마가 오랜 고통에서 해방되어 기뻤다. 엄마가 우리를 떠났고 다시 볼 수 없다는 사실은 슬펐지만 엄마가 걱정하던 만큼 슬프지는 않았다. 엄마는 내가 울다 기절하면 잘 봐주라고, 쓰러질 때 땅에 머리 부딪히지 않게 받쳐주어야 한다고 아빠에게 당부했었다. 나는 기절할 만큼 울지는 않았다.

엄마, 아빠, 나. 우리 셋은 같은 공간에 있었다. 그러나 엄마는 다른 세상에 있었다. 엄마가 더 이상 아프지 않다는 사실이 내게는 큰 위안이었다. 엄마가 행복의 나라로 간다고 말할 때는 가슴이 아팠는데, 엄마가 행복의 나라로 떠난 모습을 보니 나도 행복했다. 엄마는 여전히 예쁘고 사랑스러웠다. 나는 엄마를 만지고, 엄마에게 입을 맞추고, 엄마의 머리를 쓰다듬으며 시간을 보냈다. 아빠는 습관처럼 엄마의 오른 다리를 쓸어주었다.

엄마 곁에 한 시간 반쯤 있었다. 아이린이 차를 마시겠냐며 세 가지 종류의 티백을 가져다주었다. 하나는 평범한 녹차였고, 나머지 두 개의 이름은 Happy와 Love였다. 이럴 수가. 엄마는 언제나 사랑과 행복이라는 말을 좋아했다. 카카오톡 프로필에도 "우리 가족 건강 행복 기원!"이라고 써놓았다. 당연히 Happy와 Love를 고르고 차 포장지를 가방에 챙겼다. 아빠와 내가 따뜻한 차를 마시는 동안, 아이린이 쪽지를 가져왔다. 노르트하임 화장장의 운영 시간과 주소가 적힌 쪽지였다. 블루하우스에서 차로 40분 정도 거리였다.

아이린이 곧 경찰이 온다고, 우리는 나가야 한다고 미안한 듯이 말했다.

"얼마나 걸릴까요?"

"그건 예측하기 힘들어요. 상황에 따라 한 시간이 걸릴 수도, 세 시간이 걸릴 수도 있거든요. 경찰이 가고 나면 전화할게요."

아이린에게 보리수 열매를 맡기려다 내가 직접 넣어주

려고 티슈에 싸서 가방에 챙겼다. 엄마가 가져가고 싶다고 한 유일한 물건, 소중한 열매를 한 알이라도 분실하면 큰일이니까. 엄마의 운동화도 챙겼다.

떨어지지 않는 걸음을 간신히 떼며 밖으로 나왔다. 저기 노란 나비가 있어요. 아이린이 정원을 가리켰다. 노란 나비? 어젯밤에 엄마랑 노란 나비는 좀 촌스럽다며 웃었는데? 반갑고 놀라운 마음에 얼른 사진을 찍고 블루하우스 밖에서 우리를 기다리던 취재진을 만났다. 정원에 나비가 있어요. 노란 나비요. 나는 꽤 흥분해서, 몹시 상기된 얼굴로 엄마가 편안해져서 행복하다고 심경을 전했다.

나는 슬프고 행복했다. 슬픔은 물과 같아서 다른 감정과 공존할 수 있다.

카페는 블루하우스에서 도보로 5분 거리에 있었다. 취재진은 디그니타스 오피스에 가서 대표인 실반 룰리와 인터뷰하고 돌아오기로 했다. 아빠와 나는 카페에 남아 경찰과 검시관이 가기를 기다렸다. 그사이 디그니타스에 송금 확인 서류를 보내고, 비행기표를 예약했다. 다음 날 11시 50분에 출발해 암스테르담을 경유하는 네덜란드항공 편이었다. 원래 1시 15분에 출발하는 비행기를 예약하려 했으

나 우물쭈물하다 마감되었고, 네덜란드항공이 가장 싸기도
했다.

　카페에 앉아 통유리창 너머로 파란 하늘과 구름을 바라
봤다. 오늘, 엄마가 죽었다. 엄마의 죽음이 그저 소설의 첫
문장처럼 느껴졌다. 엄마의 숨결이 잦아드는 걸 내 눈으로
봤는데도, 피부의 온도가 낮아지는 걸 손으로 느꼈는데도,
현실감은 전혀 없었다. 스파게티를 둘둘 말아 입에 넣는 남
자, 큰 소리로 웃는 한 무리의 여자들. 그리고 블루하우스
에 누워 눈을 감고 잠든 엄마. 의자에 멍하니 앉아 테이블
만 내려다보는 아빠.

　마냥 앉아 있는 것도 초조해서 내일 엄마가 화장장으로
가는 시간을 물어볼 겸 블루하우스로 돌아갔다. 안에는 경
찰이 와 있어 타냐가 밖으로 나왔다. 엄마는 오전 7시 반
정도면 화장장에 도착할 거라고 했다. 나는 엄마를 한 번
더 보고 싶다고, 카페에서 계속 기다릴 테니 경찰이 가면
꼭 연락해달라고 부탁했다.

　카페로 돌아오는 길에 본 하늘을, 나는 평생 잊을 수 없을
것이다. 모든 구름은 사라지고 오직 새파란 하늘뿐이었다.

　오후 5시, 아이린이 카페로 우리를 데리러 왔다. 어떤 이

유인지 전화 연결이 되지 않아 직접 찾아온 것이다.

아빠와 나는 엄마를 다시 만났다. 엄마는 밝은색의 나무 관에 누워 있었다. 하얀 광택이 있는, 주름진 천이 깔린 나무관이었다. 하얀 천 위에 하얀 옷을 입고 누운 엄마.

"엄마가 좋아하는 하얀색이네."

나는 속삭였다. 아직 엄마가 들을 수 있다면.

엄마 모습이 어딘지 모르게 부자연스러웠는데 검시 과정에서 옷을 벗겼다가 입히느라 어깨 부분이 딸려 올라가서 그런 거였다. (그때는 미처 옷매무시를 가다듬어야 한다는 생각을 못 하고, 다음 날 화장장에서 매만져주었다.) 아이린이 엄마의 입이 완전히 다물어지지는 못했다며 미안해했다. 엄마는 입을 거의 다물었지만 아주 약간 벌어진 틈으로 두 개의 앞니 아랫부분이 살짝 보였다. 그래서 조금 장난스럽게 웃고 있는 듯이 보이기도 했다. 엄마도 만족할 만한 모습이라 괜찮다고, 신경 써주어 고맙다고 했다. 가방에서 보리수 열매를 꺼내 엄마의 오른손에 쥐여주었다. 작은 손안에 쏙 들어간 빨간 보리수 열매가 사랑스러웠다.

엄마와 짧은 만남을 가진 뒤 장의사가 왔다. 아이린이 그만 나가야 한다고 했다. 엄마, 내일 만나. 방 밖으로 나오니 장의사가 대기하고 있었다. 그와 가볍게 인사를 나눴다. 아이린과 작별 인사를 하고도 우리는 돌아가지 않고 엄마의 관을 한 번 더 보려고 장의사의 차 근처를 서성거렸다. 장의사는 차 뒤에 관 두 개를 나란히 실었다. 또 다른 관에는 옆방에서 생을 마감한 할아버지가 누워 있을 것이다. 우리는 블루하우스를 나와 거북이처럼 느리게 걸었다. 엄마의 관을 실은 차가 옆을 지나갔고, 장의사가 우리에게 손을 흔들었다. 아빠와 나도 손을 흔들었다.

카페로 돌아와 취재진을 기다렸다. 냉장고에서 음료를 샀는데 병에 유방암 환자를 위한 핑크리본이 그려져 있었다. 휴대폰을 충전하기 위해 자리를 옮겼더니 테이블 번호가 4번이었다. 모든 것이 엄마와 연결되어 있었다. 사소하지만 위안이 되는 것들.

취재진은 저녁 7시가 되어서야 왔다. 어디로 이동하기도 애매한 시간이라 그곳에서 저녁을 먹었다. 음식을 기다리는 사이 항공사 홈페이지에서 인터넷 발권을 하려는데 자꾸 에러가 났다. 티켓을 산 구매처도 전화를 받지 않았다. 여러 번 시도한 끝에 담당자와 연결되었다. 자초지종을 설명하니 끊지 말고 기다려달라고 했다.

카페 앞 도로변에서 기다리다가 한 그룹의 자폐인과 마

주쳤다. 두 줄로 서서 걸어오던 그들이 내 앞에 선 채로 어쩔 줄 몰라 했다. 내가 서 있는 길목이 본인들이 항상 다니던 길이었는지, 내가 완전히 길을 막은 것도 아닌데 몹시 당황해했다. 나는 죄송하다며 길을 비켰고, 인솔자도 내게 사과했다. 똑같은 대기음을 계속 들으며 주차장 쪽으로 자리를 옮겼다. 노을을 본 기억이 없는데 하늘은 잿빛으로 변해갔다. 무려 30분을 기다려 메일로 E 티켓을 받고, 그걸 공항에서 보여주면 된다는 내용을 확인했다.

생각해보니 황당했다. 접속 불량의 항공사 사이트도, 오래 기다리게 한 구매처 담당자 때문도 아니었다. 나 자신 때문이었다. 이미 결제를 마쳤으니 우리 자리가 있는 게 당연했고, 다음 날 공항에 가서도 발권할 수 있었을 것이다. 그런데도 나는 밥도 먹지 않고 통화에 매달렸다. 반쯤 넋이 나가 제대로 된 사고가 불가능했던 것 같다. 엄마가 있었으면 핑계 대지 말고 정신 차리라고 했겠지.

그런저런 이유로 저녁을 먹지 못했다. 통화를 하지 않았어도 먹을 수 없었을 것이다. 자리로 돌아왔다. 뭐라도 먹으라는 아빠 때문에 식은 피자 한 조각을 욱여넣었다.

9시가 넘어서야 화장장 근처의 호텔에 도착했다. 체크인하는데 1층에 바가 있었다. 나는 공연히 기분이 들떠 취재진에게 짐을 풀고 내려와 맥주를 마시자고 했다. 엄마를 떠나보낸 날 들뜬다는 건 미친 소리 같지만 그때는 엄마가 더는 아프지 않다는 사실에 고양감을 느꼈다. 아빠와 내 방은 3층, 취재진의 방은 2층에 있었다.

호텔 방은 90년대 영화에 나오는 여인숙처럼 낡았다. 방 안에는 트윈베드가, 창가에는 기다란 테이블이 있었다. 푸르스름한 조명은 너무 어두워 이곳이 청결한지 확인조차 할 수 없었다. 나는 캐리어를 열고 옷을 갈아입었다.

"아빠, 나 잠깐 나갔다 올게."

"어디를?"

"기자랑 얘기 좀 하고 오려고."

아빠의 대답도 듣지 않고 밖으로 나왔다. 아무도 없었다. 2층에서 피디들의 목소리가 들리는데 굳이 소리 높여 부르고 싶지는 않았다. 혼자 로비에 앉아 10분 정도 기다리다 방으로 향했다. 그들도 내가 좀 이상하다고 느낀 건 아닐까? 그렇지 않다고 해도 모두 피로가 누적된 상태인데 경솔했다. 씁쓸한 심정으로 계단을 올랐다.

"벌써 왔어?"

아빠가 물었다.

"응. 못 만났어. 다들 피곤해서 자나 봐."

나는 샤워하러 욕실에 들어갔다. 욕조가 없고 샤워기 바로 아래 배수구가 있었다. 아빠가 욕실이 편하게 생겼더라고 말해서 마음이 아팠다. 너무 열악한 숙소라 욕조가 없는 건데, 아이러니했다. 어제 묵은 호텔의 욕실이 이런 모양이었다면 엄마가 온몸을 씻고 갈 수 있었을 텐데.

침대에 누웠지만 잠이 오지 않았다.

왜 아빠랑 둘만 있지?

왜 엄마가 없는 거야?

우리 셋은 언제나 한 세트잖아.

엄마가 떠났고 둘만 남았다는 건 알고 있었다. 그런데도 자꾸 알 수 없다는 느낌이 들었다.

막막한 기분으로 푸른 천장을 보는데 기자에게서 전화가 왔다. 숙소에 들어가자마자 잠이 들어버렸다고, 미안하다고 했다. 괜찮아요. 내일 오전부터 움직여야 하는데 어차피 무리였어요. 우리는 서울에서 한번 뭉치자며 다음을 기약했다.

잠도 안 오고 목이 말라 생수를 사러 로비로 내려갔다. 로비에는 아무도 없고, 길 건너편에 24시간 운영하는 편의점 같은 곳이 있었다. 하지만 깊은 밤, 전속력으로 도로를 달리는 차들이 많아 건너갈 수가 없었다. 어쩔 수 없이 로비 옆에 있는 인도 식당에서 1리터짜리 물을 사 왔다. 방으로 돌아와 따고 보니 탄산수였다. 다시 내려가기는 귀찮아 병을 흔들어 탄산을 빼고 마셨다. 아빠는 한 모금 마시더니 이거 사이다잖아, 하며 더는 마시지 않았다. 다행히 캐리어에 먹다 남은 물이 있어 아빠는 그걸 마시기로 했다.

좁은 침대에 각각 누웠다. 침대 머리맡의 흐릿하고 퍼런 조명들은 일부러 끄지 않았다. 아빠가 뒤척이며 힘들어해서 수면제 반쪽을 건넸다. 그러고도 두세 시간 밖에 자지 못했다. 나도 잠이 오지 않았다. 스위스에 오고 나서 제대로 잘 수 있는 밤은 없었다. 잘 수 있다면 오히려 이상한 일이겠지.

엄마가 갔다. 내 곁에 없다. 엄마가 더는 아프지 않아도 된다는 사실만이 나를 지탱할 수 있게 해주었다. 엄마가 나를 보면 장하다고 하려나. 어쩌면 덜 슬퍼하는 딸을 보며 섭섭해할지도.

셋이 가서 둘이 오다

8월 4일. 오전 7시 10분. 호텔 레스토랑에서 요거트와 에너지바를 챙겨 노르트하임 화장장으로 향했다. 하늘은 온통 회색빛. 비가 오다 말다 변덕스러운 날씨였다. 엄마가 없는 차 안은 빛과 소리가 사라진 것 같았다.

7시 반, 예정대로 화장장에 도착했다. 입구에는 커다란 십자가가 있어 수도원 같은 분위기가 났다. 부지가 상당히 넓고 길이 여러 갈래라 독일어로 된 표지판을 해석해가며 화장장 건물로 갔다. 일행은 차에서 대기하고 내가 먼저 가보기로 했다. 굳게 닫힌 철문을 두드리자 안에서 수염이 덥수룩한 담당자가 나왔다. 엄마가 오늘 화장장에 오기로 되어 있다고 말하니 명단이 적힌 종이를 가져왔다. 그런데 아무리 찾아봐도 엄마 이름이 없었다. 디그니타스에서 왔을 거라고, 아침 7시 반 이전에 도착한다고 들었다고, 감정을 누르며 차분히 얘기했다. 잠깐 기다리세요. 상황을 알아보고 오겠습니다. 안쪽으로 들어갔다가 돌아온 담당자가 엄마는 아직 오지 않았다고, 아마 9시까지 올 거라고 했다. 뭔가 변수가 생겼나?

거의 패닉 상태로 건물 밖으로 나와 카린에게 전화했다. 자초지종을 말했더니 카린도 당황해서 횡설수설했다. 의사들이 엄마를 조사하러 데리고 갔을 수도 있지만 그런 일은 잘 일어나지 않아요. 무슨 일인지 나도 모르겠어요. 이상하네요.

혹시 엄마 몸에 수술 자국이 많아서 그런 걸까? 아니면 주사 맞았던 자리에 멍이 들어서? 온갖 추측을 해가며, 담벼락 아래서 안절부절못하고 통화했다. 비까지 추적추적 내렸다. 그런데 옆에 있던 아빠가 자꾸 내 옷자락을 잡고 밀었다 잡아당겼다를 반복했다. 내가 비 맞을까 봐 그러는 줄 알고 작은 몸짓으로 뿌리쳐도 멈추지 않았다. 비 따위 맞아도 상관없는데. 전화를 끊고 왜 그랬냐고 물으니 아빠가 가만히 내 발치를 가리켰다. 발뒤꿈치 바로 뒤에 민달팽이가 있었다. 새끼손가락만 한 베이지색 민달팽이였다. 그걸 밟을까 봐 그랬단다. 민달팽이 같은 거 밟아도 되지! 내가 외쳤다. 밟으면 안 되지. 아빠가 말했다. 어이없어 헛웃음이 나왔다. 취재진도 크게 웃더니 민달팽이를 촬영했다. 그들도 아빠가 나를 걱정하는 줄 알았단다. 엄마가 있었으면 당장 일렀을 텐데. 그리고 같이 웃었을 텐데.

비가 많이 내리기 시작했다. 일단 차에 들어가 기다렸다. 곧 카린에게서 연락이 왔다. 의사들이 데려간 건 아니고, 어제따라 장의사에 사람이 너무 많아 일처리를 다 끝내지 못해 늦어지게 되었단다. 그러면서 이런 일은 매우 드물다고 했다. 별다른 일이 아니었다니 긴장이 풀렸다. 그나저나 장의사에 사람이 많아서라니. 살아 있을 때 엄마는 어딜 가나 사람을 몰고 다녔다. 한산한 가게라도 엄마가 구경하러 들어가면 북적거리고, 아무도 없는 식당에 가도 손님이 몰려왔다. 죽어서도 그 영향력은 사라지지 않는구나. 역시 우리 엄마답네. 나는 조금 웃었다. 눈물도 났다.

엄마는 8시 20분쯤 화장장에 도착했다. 혼자 들어가고 싶어요. 나는 일행들에게 말했다. 잠시 엄마와 둘만의 시간을 갖고 싶었다. 담당자가 나를 엄마에게 안내해주었다. 화장장은 밝고 경건한 분위기였다. 복도 벽 한쪽의 나무 선반에는 유골함이 종류별로 장식되어 있었고, 방문객이 쉴 수 있는 의자들도 놓여 있었다. 긴 복도를 지나 모퉁이를 돌자, 호텔처럼 호수가 쓰인 문들이 늘어선 단정한 공간이 나왔다. 여기예요. 담당자가 첫 번째 방의 문을 열어주었다. 거기에 엄마가 있었다. 손에 빨간 보리수 열매를 꼭 쥐고. 다시 말할 수도, 나를 볼 수도 없는 엄마였지만 반갑고 미안했다. 나는 말려 올라간 옷을 끌어 내려주고 분과 립스틱을 발라주었다. 파우더의 펄 때문에 엄마의 얼굴이 반짝거렸다. 사랑스러운 우리 엄마.

숨을 돌리고 작은 나무색 방을 둘러봤다. 길쭉한 직사각형의 방 오른쪽에는 엄마의 관이, 반대편에는 좁고 기다란 의자가 있었다. 엄마의 머리맡에는 촛불이 켜져 있고 벽에는 추상화가 붙어 있었다. 엄마와 단둘이 작별 인사를 하고 아빠와 취재진을 불렀다. 피디가 엄마를 촬영했다. 엄마가 죽은 뒤 촬영해도 괜찮다고 했으니 나도 거부감은 없었다. 게다가 엄마는 여전히 예뻤다. 취재진이 우리에게 시간을 더 가지라며 먼저 나갔다. 아빠가 허리 굽혀 엄마의 얼굴을 가만히 보다가 볼을 쓰다듬었다.

엄마와 헤어지고 싶지 않았다. 좀 더 머무르고 싶었지만 비행기 시간이 넉넉하지 않았다. 엄마는 시간 낭비를 하지 말라고 했지만—취재진의 다음 일정이 프랑스가 아니라 한국이었다면 아빠를 그들에게 부탁하고—엄마의 화장이 끝날 때까지 있고 싶은 마음이었다. 겨우 문을 열고 밖으로 나왔다. 저만치 떨어진 복도에서 취재진이 기다리고 있었다. 건물 입구쯤 왔을 때였다. 도저히 이대로 떠날 수는 없었다.

"잠깐만요."

엄마가 있는 방으로 다시 뛰어 들어갔다. 엄마의 얼굴을 두 손으로 감싸고 작별 인사를 했다. 내 눈물이 떨어져 엄마 눈에도 눈물이 고였다.

"엄마, 울지 마."

엄마의 눈물을 소매 끝으로 닦아주었다. 울지 마, 울면 속상해.

화장장을 나오며 담당자에게 화장을 언제 하느냐고 물었다. 우리는 이곳에 다시 올 수 없으니 되도록 오늘, 금요일에 했으면 좋겠다고 부탁했다. 담당자는 흔쾌히 알았다고 했다. 조금은 가벼운 마음으로 화장장을 나올 수 있었다. (나중에 그것이 하얀 거짓말이었다는 걸 알았다. 입국장에서 카린으로부터 월요일 오전에 화장한다는 메시지를 받았다. 스위스에서는 사망 후 최소 48시간이 지나야 화장이 가능하다고 했다. 엄마가 주말 동안 그 방에 혼자 있어야 한다는 게 너무 마음 아팠다. 영혼이 사라진 엄마의 육체는 이미 엄마가 아니라는 걸 알면서도 그렇게 두고 온 게 죄스럽고 미안했다.)

공항으로 가는 길, 추적추적 내리는 비가 그치지 않았다.
"엄마는 하레온나(晴れ女)였어요. 나는 아메온나(雨女)고."
혼잣말처럼 튀어나온 말을, 일본에서 공부했던 막내 피디가 바로 알아듣고 일행에게 설명했다. 애니메이션 〈날씨의 아이〉를 본 사람은 잘 알겠지만 하레온나는 소풍이나 여행을 갈 때, 중요한 일이 있을 때 날씨가 맑은 축복받은 여자를, 아메온나는 반대로 무슨 일이 있는 날이면 비가 오는 여자를 말한다. 엄마는 하레온나답게 밝고 긍정적이었다. 아메온나인 나에게 밝은 면이 있다면 그건 의심의 여지없이 엄마에게서 물려받은 것이다.
취재진이 아빠와 나를 공항으로 데려다주었다. 우리가 티켓팅을 마치고 출국장으로 들어갈 때까지 배웅해주었다.

짧은 기간이었지만 큰일을 함께 치러서인지 강한 유대감이 느껴졌다. 우리 가족만의 시간을 가지지 못했다는 아쉬움도 있지만 그들이 곁에서 도와줘 든든했다. 고마움을 안고 비행기에 탔다.

취리히에서 암스테르담까지 가는 비행기는 수명을 다한 낡은 시외버스를 연상시켰다. 비행기는 연착했고, 기내식으로 나온 샌드위치의 치즈는 딱딱하다 못해 부스러졌다. 암스테르담까지 1시간 45분이 걸렸다. 암스테르담 공항에서는 네 시간을 대기했다. 나는 전혀 입맛이 없었지만 아빠의 식사를 챙겨야 했다. 빵에 질린 아빠가 밥을 먹을 수 있도록 아시안 레스토랑을 찾아 헤맸다. 물어물어 간 일식당에서 라멘과 연어초밥을 주문해 먹었다. 여름에 회 먹지마. 엄마 목소리가 들리는 듯했지만 다른 선택지가 없었다. 봉지에 든 간장과 생강을 뜯는데 생강 먹어, 그래야 소독돼, 하고 또 엄마 목소리가 들리는 것 같아 울컥했다. 아빠는 맛은 없지만 국물을 먹으니 살 것 같다고 했다. 나는 맨입에 생강을 꼭꼭 씹었다.
식사를 마치고 E-5 게이트로 이동해야 했다. 심각한 길치인 나는 매 순간 긴장을 놓을 수가 없었다. 또다시 물어

물어 게이트를 찾아 근처에서 쉬고 있었다. 보딩을 두 시간 정도 앞두고 있을 때였다. 네덜란드항공 데스크로 오라는 문자를 받았다. 혹시 조력사망과 관련된 일인가? 왜 셋이 나가서 둘만 들어오느냐고 물어보면 뭐라고 답하지? 엄마는 아파서 병원에 있고 우리가 먼저 들어온다고 해야 하나? 아빠와 나는 이런저런 억측을 하며 데스크로 갔다. 우리를 부른 이유는 좌석 배정을 위해서였다. 연착으로 인해 비행기가 바뀌면서 좌석이 확정되지 않은 것뿐이었다. 허, 헛웃음이 나왔다.

공항에서의 시간은 빨리 흐른다. 대기실 의자에서 휴식하던 우리는 서둘러 보딩 준비를 했다. 우리는 셋이 앉는 일반석에 앉았다. 내가 왼쪽, 가운데 아빠, 그 옆에는 인도인이 탔다. 그런데 아빠 의자가 이상했다. 뒤로 젖혀도 고정되지 않고 제자리로 돌아왔다. 덜컥덜컥 의자를 앞뒤로 움직이자 뒷자리 여자가 황당하다는 듯 우리를 보며 눈동자를 굴렸다. 나는 의자가 고장 난 것 같다, 미안하다고 사과했다. 여자가 승무원에게 말해보라고 했다. 의자를 확인한 승무원은 난처한 얼굴로 죄송하지만 나중에 고치겠다고 했다. 나중이라니, 우리가 비행기에서 내린 다음 고친다

는 의미였다. 황당했다. 아빠, 나랑 자리 바꾸자. 괜찮아. 그
냥 가. 아빠가 불편한 의자에 기대 잠을 청했다. 비행하는
열한 시간 동안 나는 여러 번 울컥했고 눈물을 흘렸다. 고
장 난 좌석도 서러웠다. 엄마가 우리의 행운의 여신이고,
엄마가 떠난 지금, 우리의 운이 사라진 것만 같았다.

엄마 없는 엄마 집

비행기 안에서 하루가 지나 스위스 시간으로 8월 5일 오전 5시 10분, 한국 시간으로 오후 12시 10분에 인천공항에 내렸다. 남편은 우리가 어떤 비행기를 타고 오는지도 모르는 채 공항에 나와 있었다. 공항에 내려 화장실에 갔는데 아빠가 유난히 늦게 나왔다. 혹시 쓰러진 건 아닌지 불안한 마음에 아빠를 불렀다. 그제야 아빠가 화장실에서 천천히 걸어 나왔다. 왜 그렇게 늦게 나와요. 어, 큰일 보느라고. 미리좀 말하고 들어가지. 타박하면서도 마음을 놓았다. 이제 엄마가 없으니 내가 아빠를 잘 보살펴야 한다. 엄마 죽고 나면 아빠가 너한테 더 의지할 수도 있어. 디그니타스행을 결정하고 나서, 엄마는 걱정스러운 듯 말했었다.

짐을 무사히 찾고 남편을 만났다. 일단 밥을 먹어야 했다. 그놈의 밥, 안 먹으면 안 되나, 하는 생각도 들었지만 아빠가 병이 나면 큰일이었다. 우리는 제2터미널에 있는 한식당으로 갔다. 결코 맛집이라고 할 수는 없었으나 스위스보다는 맛있었다. 밥을 먹고 난 남편이 아빠를 모셔다드리고 가자고 했다.

집으로 오는 길, 아빠가 쇼핑몰 화장실에 들렀다. 아빠를 기다리는 사이 바닥 분수에서 물놀이하는 아이들을 구경했다. 처음에는 두 명의 아이가 놀고 있었는데, 지켜보던 다른 아이가 엄마에게 자기도 놀고 싶다고 졸랐다. 엄마는 옷을 버리면 안 된다고 말리다가 아이가 떼를 쓰자 놀도록 내버려두었다. 조심조심 물줄기를 밟는데 갑자기 물이 세차게 솟아올랐다. 옷이 젖은 아이는 울음을 터트렸다. 엄마가 혼을 내자 더 크게 울었다. 싫어. 더 놀고 싶어. 놀고 싶은데 옷이 젖었으니 엄마에게 혼날까 봐 지레 겁을 먹고 울음을 터트렸고, 예상대로 엄마가 혼내면서 집에 가자니까 가기 싫어 더 크게 우는 아이의 심리가 표정과 행동에서 고스란히 전해졌다. 피식, 나도 모르게 웃음이 나왔다. 엄마는 별수 없다는 듯 아이를 놓아주었고 의기양양해진 아이는 다른 아이들이 갖고 노는 물줄기까지 빼앗았다. 아이들이 서로 자기 물이라며 싸웠다. 그 광경을 보며 나는 〈The end of the world〉라는 노래를 떠올렸다.

Why does the sun go on shining?
Why does the sea rush to shore?
Don't they know it's the end of the world?
Cause you don't love me anymore.

실연을 당한 사람이 왜 세상이 끝나지 않을까, 한탄하는 노래다. 여름 오후의 햇살과 자그마한 아이들의 몸통 사이로 솟구치는 물줄기, 웃음소리, 싸우는 소리. 엄마 없는 세상은 너무도 멀쩡하다. 당연하다. 거대한 지구에서 엄마라는 아주 작은 한 사람이 사라졌을 뿐이니까. 내게는 너무나도 큰 한 사람이지만.

엄마 없는 엄마 집에 도착해 여행 가방에 들었던 엄마 물건을 정리하고 셋이 함께 저녁을 먹었다. 남편이 앞으로 주말마다 찾아뵙겠다고 했다. 아빠는 우리 둘을 통틀어 한 분 남은 부모였다.

스위스에서 엄마를

아빠와 헤어져 집에 왔다. 나는 엄마가 남긴 영상과 음성 녹음을 들으며 조금 울었다.

인스타그램에 엄마, 안녕이라는 말과 리마트강변에서 찍은 그로스뮌스터 대성당 사진을 올렸다. 사람들이 댓글로 엄마의 명복을 빌어주었다. 소식을 전해 들은 친한 작가가 함께 공부했던 카페에 부고를 올릴까요, 물었다. 어떻게 하면 좋을지 망설이던 나는, 장례식은 하지 않지만 많은 사람이 기도해주면 좋을 것 같다는 말과 함께 짧은 메시지를 전달했다. 다음과 같은 내용이었다.

엄마가 8월 3일, 스위스에서 하늘나라에 가셨어요. 다시는 만날 수 없다는 생각에 슬프지만 엄마가 마지막 소원을 이루고 고통에서 벗어났다고 생각하니 기쁩니다. 엄마는 스스로의 삶과 죽음을 선택한 용기 있는 사람이었어요.
엄마, 안녕. 언제나 기억할게. 잊지 않을게.
사랑해. 많이많이.

여러 사람이 엄마의 명복을 빌어주고 기도해주었다. 엄마가 죽음을 선택했다는 사실에 다소 놀란 듯한 사람들도 보였다.

삼가 고인의 명복을 빕니다. 반복되는 이 문장을 한참 들여다보았다. 엄마가 없다는 사실에 가슴이 저미면서도 여전히 엄마가 없다는 사실을 인정하고 싶지 않은 내가 있었다.

애
도

일
기

애도 일기

세 번째 장의 제목은 롤랑 바르트의 『애도 일기』에서 가져
왔다. 엄마를 떠나보낸 뒤 많은 사람의 위로를 받았다. 그
러나 타인에게 마냥 기댈 수는 없었다. 상실의 슬픔은 자신
이 온전히 감당할 몫이다.

　나는 죽음과 상실에 관한 책들을 닥치는 대로 읽었다. 그
러다 롤랑 바르트의 『애도 일기』를 만났다. 그는 평생을 함
께 산 어머니를 잃은 뒤 작은 쪽지에 글을 쓰기 시작했다.

　어떤 구절은 내가 생각한 것과 정확히 일치했다. 나의 슬
픔이 그의 언어로 활자화되어 있는 듯한 착각마저 들었다.
그는 내게 슬픔은 부끄러운 것이 아니라고, 충분히 슬퍼해
도 된다고 말하고 있었다.

나는 롤랑 바르트에게 갚을 수 없는 빚을 지었다. 그래서 엄마를 보낸 뒤의 이야기들에 그 이름을 붙인다.

가장 슬픈 시기를 함께한 『애도 일기』에 감사하는 마음으로, 어머니를 잃은 슬픔을 안은 채 세상을 떠난 롤랑 바르트를 애도하며.

Good bye, my dear

8월 12일, 카린에게서 엄마의 유해를 뿌리는 동영상을 받았다.

흰 꽃, 연보라색 꽃이 핀 풀밭과 좁은 오솔길이 화면을 채운다. 뒤쪽으로는 숲이 있는 언덕이다. 멀리 호수와 마을도 보인다. 동영상 속에서 카린의 목소리가 들린다.

"이곳은 사람들이 잘 다니지 않는 길이고, 숲과 가까워요. 아름다운 꽃이 핀 곳, 여기가 좋을 것 같아요."

카린이 은색 보자기에 싸인 엄마의 유해를 뿌린다. 엄마는 하얀 가루가 되어 바람이 부는 대로 흩어져간다. 엄마가 아, 시원해, 하며 박수칠 것 같았다. 엄마는 풀밭과 호수와 산 위를 훨훨 날아다닐 것이다. 바라던 대로 스위스에서 태어날 것이다.

"Good bye, my dear Soon-bok. I love you."

카린이 작별 인사를 한다. 내 손으로 보내드리지 못한 게 못내 아쉽다.

동영상을 두 번 반복해서 보고, 아빠와 공유했다. 통화하며 우리 둘 다 울었다. 이런 날 아빠를 혼자 두는 게 불안했다. 어쩌면 내가 더 불안했는지도 모른다. 나는 아빠와 만나 언양불고기를 먹었다. 7월 초에 엄마가 언양불고기를 먹고 싶다고 했었는데, 여기라도 올걸 하는 생각에 조금 울었다. 아빠도 울었다. 우리는 울면서도 밥을 맛있게 먹었다.

"미움도 원망도 없다."

스위스에서의 첫날 밤, 엄마가 말했다. 목적어는 빠져 있었다. 남은 자인 나는 그 자리에 여러 가지 목적어를 넣으며 시간을 보냈다. 목적어에 따라 안도하기도 분노하기도 했다. 정작 엄마는 남은 자들에게 바라는 게 없었다. 그런 엄마가 떠나기 전 남기고 간 말이 있다.

"나를 잊지 마."

엄마는 출국 전에도 나를 잊지 말라고 한 적이 있다. 나

애도

는 don't forget(잊지 마)과 remember(기억해) 중 어느 쪽에 가깝냐고 물었다. 엄마는 소녀 같은 표정으로 눈을 굴리며 한참 생각하더니 "아무래도 don't forget이겠지?"라고 했다.

그때는 이야기의 흐름이 다른 쪽으로 넘어가 미처 묻지 못했다. 이제 나는 둘의 차이에 대해 혼자 골몰한다. 글을 쓸 때 그러는 것처럼 확실한 뜻을 알기 위해 사전을 찾는다.

기억하다 — 이전의 인상이나 경험을 의식 속에 간직하거나 도로 생각해내다.

잊다 — 한번 알았던 것을 기억하지 못하거나 기억해내지 못하다.

사전적 의미를 살펴봐도 기억하는 것이나 잊지 않는 것, 둘 사이에 별 차이가 없어 보인다. 그런데도 미묘하게 다른 느낌을, 구분해보고 싶다. 나는 국어학자가 아니므로 근거는 없지만.

'기억하다'는 단어의 뜻 중 '도로 생각해내다'에 비중이 실리는 능동적인 행위. 반면 잊지 않는 것은 '기억하거나 기억해내는 것'. 여기서 쓰인 '기억'이 의식 속에 간직한다는 쪽에 방점이 찍힌다면, "잊지 마."에는 애쓰지 않고도 간직해달라는 마음이 담겨 있는 것이다.

엄마의 이야기를 쓰는 일

죽음 이행기를 보내던 어느 날, 나는 엄마의 이야기를 책으로 써도 되냐고 물었다. 이 세상에서 사라질 엄마를 글로 영원히 남기고 싶었다. 엄마는 당연히 써도 된다고, 써야 한다고 말했다. 엄마는 내 작품을 다 좋아했지만 '엄마'가 등장하는 이야기들을 더 좋아했다. 그때까지만 해도 엄마의 인생을 소설로 쓰려고 했다. 찬찬히 시간을 두고 담담한 필체로 한 사람의 역사가 생성되고 소멸한 과정을 그리고 싶었다.

엄마의 이야기를 에세이에 담아내기로 한 것은 스위스에서 경험하고 느낀 일들의 영향이 크다. 죽음을 앞둔 엄마는 의미 있는 일을 하고자 카메라 앞에 섰다. 언제 끝날지 모르는 고통에 시달리는 사람들에게 희망을 주고 싶어 했다. "다른 환자들이 나처럼 힘들지 않았으면, 우리나라에서도 존엄사를 할 수 있으면 좋겠어."

또다시, 어쩔 수 없이 우리의 이른 이별을, 잃어버린 시간을 반추한다. 엄마가 낯설고 먼 나라가 아닌, 우리 집에서 눈감을 수 있었다면.

나는 엄마의 이야기를 사실 그대로 쓰기로 했다. 어떤 허구도 없이.

에세이를 쓰겠다는 뜻을 맨 처음 J 편집자에게 밝혔다. 이 작업은 믿을 수 있는 사람과 하고 싶었다. 괜찮으시겠어요? 그가 물었다. 엄마의 죽음을 복기하는 과정이 너무 괴롭지 않을까, 하는 걱정이었다. 너무 이른 것 같다고도 했다. 하지만 내 감정은 하나도 중요하지 않았다. 엄마의 뜻을 하루빨리 전하고 싶다는, 전해야 한다는 마음이 우선이었다. 그러면서도 막상 책상 앞에 앉으면 엄마 이야기를 쓰기가 두려웠다. 이 핑계 저 핑계를 대며 미루고 미루다 오늘은 써야지, 결심한 다음 울며 써 내려갔다. 작업을 마치면 침대에서 몸을 웅크리고 소처럼 울다 신경안정제를 먹

고 잠이 들었다. 그러고 나면 다음 날은 온종일 몸살 기운
에 시달렸다.

이번에는 엄마의 죽음에 대한 에세이를 썼지만, 다음에
는 엄마의 삶을 소설로 쓸 것이다. 엄마는 분명히, 내가 쓴
엄마 이야기를 좋아할 것이다.

영혼의 속도

영혼의 속도는 얼마일까.
　엄마가 취리히의 호숫가에서 노래하다가도 엄마, 엄마,
내가 부르는 소리를 듣고 날아와주었으면 좋겠다.

불편한 사람들

핑크리본 정기 모임을 앞두고 환우회 회장에게 전화를 걸었다. 엄마는 8월 모임에서 사람들에게 작별 인사를 하고 싶어 했었다. 엄마가 떠난 지금, 나라도 모임에 가서 엄마의 죽음을 알리고 싶었다. 당사자가 아닌 외부인은 참석이 어렵다고 했다. 엄마와 친했던 분에게 말씀드리니 환우 모임이라 사람들이 동요할까 봐 염려하는 마음도 있을 거라며 달래주었다. 엄마의 휴대폰으로, 이름이 귀에 익은 지인들에게 연락했다. 엄마는 그전부터 스위스에 가서 편안한 죽음을 맞고 싶다는 말을 해왔기에 많이 놀라는 이는 없었다. 다들 엄마를 위해 기도하겠다고 했다. 다만 엄마의 죽음을 너무 안타까워하는 한 분에게는 내가 도리어 위로를 건넸다.

"엄마가 마지막 소원을 이루고 편안하게 떠나셔서 마음이 좋아요."

"글쎄, 난 영 마음이 안 좋네."

못마땅한 심기를 드러내는 어조였다. 뭐라 답하지 못하고 전화를 끊었다. 아마도 그분이 생각하는 죽음의 방식과는 달라 불편한 속내를 드러낸 것이겠지. 각자의 가치관이 다르다는 걸 알면서도 나는 상처받았다. 모두가 축복하는 마음으로 엄마를 위해 기도해주길 바라는 내 욕심에서 비롯된 상처였다.

봄에 돌아가신 큰이모의 딸, 사촌 언니에게도 전화했다. 언니는 "네 엄마는 정을 안 떼고 가서 어떡하냐."라며 혀를 찼다. 나를 위로하려 한 말이겠지만 한편으로 씁쓸했다. 돌아가시기 전 큰이모는 오랜 기간 요양병원에 있었다. 이모 말고도 많은 사람들이 병원에서 삶의 마지막 시간을 보낸다. 의식이 없는 상태로 호흡기에 의존하는 그 시간이, 자식에게는 정을 떼는 시간이라는 걸까.

내친김에 셋째 이모에게도 연락했다. 아무리 몸이 아파도 엄마 떠나기 전에 한 번은 보러 왔어야지. 죽은 사람 장례식도 가는데 살아생전 마지막 인사도 못 나누느냐. 엄마가 내색은 안 했지만 얼마나 가슴 아팠을지 생각하면 눈물만 난다. 원망을 담은 문자를 보냈다. 이모에게서 답이 왔다. 지금 무슨 말이 필요하겠냐, (엄마가) 1~2년은 더 살았으면 했는데 엄마하고 네가 죽이 맞아 그런 결정을 한데 본인도 매우 속상했다. 네 입장과 어른들 입장은 다를 수 있음을 명심하라. 나는 내심 미안하다는 답을 기대하고 있었다. 그런데 죽이 맞다니, 이모의 거친 표현에 화가 났다. 이모는 엄마가 얼마나 고통에 시달렸는지 모르잖아, 우리가 어떻게 그런 결정에 이르게 됐는지도… 답장을 작성하다 지워버렸다. 이제 와서 그와 내가 원망을 주고받는다 한들 달라질 것은 없다.

엄마의 연락을 끝내 받지 않았던 둘째 이모는 내 연락에도 답이 없었다.

손톱을 모으며

엄마가 떠나고 얼마 지나지 않아 아빠가 내게 지퍼백을 주었다. 유성매직으로 '딸'이라고 적혀 있었다.

이게 뭐냐는 물음에 아빠는 거기에다 손톱, 발톱을 깎아 모으라고 했다. 옛날 전쟁에 나가기 전, 군인들은 시신을 찾지 못할 때를 대비해 손발톱을 모아두고 떠났단다. 우리 손발톱을 모아 1년 뒤 스위스에 가서 엄마를 뿌린 자리에 묻어두자. 아빠가 엄마 곁에 가는 날까지 엄마가 그곳에서 혼자 외롭지 않도록.

아빠는 나중에 돌아가시면 자신의 유해를 엄마 뿌린 곳에 뿌려달라고 했다. 그때는 반드시 오빠와 함께 가라고도.

며칠 전 엄마 물건을 정리하다 보니 손톱 정리 도구를 넣어둔 파우치에 작은 플라스틱 통이 있었다. 뚜껑 위에 붙인 하얀 반창고에 쓰인 엄마 글씨. '엄마 손톱'. 얼른 열어보니 잘린 손톱이 가득 들어 있다.

"엄마, 고마워."

나는 엄마의 손톱을 보며 소리 내어 말했다. 『엄마가 돌아가셨을 때 그 유골을 먹고 싶었다』라는 만화책 제목처럼 엄마의 손톱을 씹어먹고 싶었다.

엄마는 어떤 마음으로, 언제부터 남몰래 손톱을 깎아 작은 통에 담았을까. 다시 돌아오지 못할 전쟁에 나가는 장수의 마음으로?

이제 엄마의 마음은 알 수 없다. 다만 머리카락을 자르라고 했던 것처럼 무엇이든 남겨주고, 혹은 남기고 싶은 마음이었다고 짐작할 뿐이다.

똑, 똑, 똑. 나는 엄마가 쓰던 손톱깎이로 손톱을 깎는다. 오래전 내가 일본 출장 갔다가 사 온, 명인이 만들었다는 손톱깎이로 엄마가 잘 든다며 좋아했던 물건이다. 나 죽으면 네가 써.

딱 한 번, 엄마의 발톱을 깎아준 적이 있다. 손재주가 없는 나는 발톱을 너무 바짝 잘랐다. 사실 내 손발톱을 자를 때도 매번 바짝 잘라 며칠은 자판 칠 때 손끝이 아프다. 그 뒤로 엄마는 내가 발톱을 깎아준다고 하면 고개를 설레설레 저었다. 다시 엄마의 발톱을 깎을 수 있다면 몇 배로 신경 써서 잘할 텐데. 아이고, 됐습니다. 딸내미나 잘하세요. 엄마의 말, 웃음소리를 상상한다.

나는 정성스러운 마음으로 깎은 손톱을 한데 모은다. 아빠 글씨로 '딸'이라고 적은 봉투에 자잘한 손톱을 주워 담는다.

우리가 가질 수도 있었던 시간들

8월 25일, 원래대로라면 오늘이 엄마가 떠나는 날이다. 나는 달력에 그려진 동그라미와 'D-Day'를 본다. 아빠도 그걸 보며 말한다.

"전쟁에 나갈 때 디데이라고 하는데 네 엄마는 그런 각오를 한 거지."

"엄마랑 더 있을 수 있지 않았을까? 엄마가 예정대로 갔다면 어땠을까?"

나는 참지 못하고, 속에 품었던 말을 내뱉는다. 아빠도 여러 가정을, 많은 후회를 반복하지만 어쩔 수 없는 일이었다고 했다. 그러면서 엄마가 얼마나 힘들었는지 덧붙였다.

"눈의 초점이 맞지 않아 내가 셋으로 보이고, 밤이면 숨이 넘어갈 듯 기침하고, 다리 통증에 자다 깨서 몸부림치고, 변비 때문에 하루에도 몇 번씩 화장실에서 진땀을 흘리고, 머리부터 발끝까지 성한 데가 없었잖아. 어떻게 한 군데라도 괜찮아야 같이 살자, 붙들고 늘어지지."

엄마가 쇠약해가는 과정을 곁에서 생생하게 지켜본 사람만이 할 수 있는 말이었다. 나도 안다. 알고 있지만 날짜에 집착한다. 엄마가 살아 있을 수도 있었던 22일, 528시간. 우리가 가질 수도 있었던 시간들을 상상한다. 비행기를 서둘러 예약한 게 잘한 일이었을까? 차라리 블루하우스에 가능한 일정이 없었더라면 어땠을까? 휠체어를 타고서라도 맛있는 걸 먹으러 다닐 수 있지 않았을까?

아니, 아니다. 엄마는 아마도 병원에 입원했을 테고, 자칫하면 상태가 극도로 나빠져 마지막 소원을 이룰 수 없었을지도 모른다. 그건 절대 엄마가 원한 그림이 아니다.

나는 엄마의 음성 일기를 재생한다. 엄마의 목소리를 듣는다.

"사랑하는 내 딸아, 엄마가 이 세상에서 사라지더라도, 너무 슬퍼하지 마. 네가 너무 자지러지게 울고 가슴 아파하는 걸 엄마는 원치 않아. 그러니까 몸 잘 챙기고 눈물이 나

면 그저 조금만 울고 뚝. 엄마는 먼지가 되어서라도, 땅속
에서, 하늘나라에서, 우리 딸 건강 행복 빌고 있으니까 엄
마를 믿고 그렇게 해. 사랑해. 사랑해."

말할 수 없는 죽음

엄마와 아빠는 한 아파트에서 30년 넘게 살았다. 두 분은
언제나 같이 다녔다. 집에서는 웬수라며 싸우더라도 밖에
서는 남들이 부러워하는, 나도 나이가 들면 남편과 저렇게
사이좋게 팔짱을 끼고 다니고 싶다는 마음이 들게 하는 부
부였다.

  그런 두 사람 중 한 사람이 보이지 않자, 사람들은 당연
히 궁금해했다. 경비 아저씨가, 옆집 할머니가 아빠에게 물
었다. 엄마가 요즘 왜 보이지 않느냐고, 어디 가셨냐고.

  아빠는 엄마가 병원에 있다고 말했다. 사람들은 놀랐다.
대부분은 엄마가 심각한 병을 앓고 있다는 사실조차 몰랐
다. 엄마는 아무리 아파도 밖에 나가면 환하게 웃는 얼굴로

인사했고, 아빠는 늘 무표정이었다. 둘이 병원에 가면 보호자인 아빠를 환자라고 착각하기도 했다.

그런데 아빠는 왜 엄마가 병원에 있다고 말했을까? 엄마는 제갈공명도 이순신 장군도 아니다. 엄마의 죽음을 감출 이유가 없다. 혹시 엄마의 죽음을 받아들이지 못하고 있는 게 아닐까? 혼자 억측하고 싶지 않아 아빠에게 물었다.

"왜 엄마가 병원에 있다고 말했어?"

"말이 길어지니까."

말이 길어진다. 그다음 말은 하지 않아도 알아들었다.

엄마는 아직 보편적이지 않은 방식으로 삶을 마감했다. 엄마가 하늘나라에 갔다고 하면 왜 연락을 하지 않았느냐고 물을 테고, 장례식을 하지 않았다고 하면 이유를 물을 테고, 스위스에서 돌아가셨기 때문이라고 하면 어쩌다 그렇게 된 거냐며 이런저런 이야기가 이어지게 될 것이다. 조력사망을 했다고 말하면 이해해주는 사람보다 이해하지 못하는 사람이 더 많을 수도 있다. 엄마의 친구나 친지들도 이해하지 못하는 일을 다른 사람들은 어떻게 받아들일지 생각해보면 엄마가 병원에 있다고 말하는 아빠도 이해가 간다. 심지어 오빠도 아이들에게 아직 엄마가 돌아가셨다는 말을 하지 못했다. 장례식은 가족끼리 간소하게 했다는 식으로 얼버무릴 수도 있겠지만 아빠도 나처럼 엄마의 죽음의 방식에 대해 거짓말하고 싶지는 않을 것이다. 거짓말하지 않기 위해 거짓말하는 상황이라니.

몇 주 뒤, 아빠 집에 갔다가 옆집 할머니와 엘리베이터를 같이 탔다. 나더러 엄마 병원에 가는 길이냐고 물었다. 나는 그렇다고 했다. 마음속으로는 엄마 하늘나라 가셨어요, 말하면서. 옆집 할머니는 깊은 한숨을 내쉬며 안타깝다는 표정을 지었다. 그 눈을 보니 말이 길어지더라도 엄마의 죽음을 알리면 어떨까, 하는 생각이 들었다. 하지만 아빠가 사는 곳이다. 아빠의 뜻을 존중해야 한다. 그런데도 나는 엄마의 죽음을 알리고 싶다. 아파트 옥상에 뛰어 올라가 소리치고 싶다. 이 답답한 마음은 어디에서 오는 걸까?

장례식의 의미

아침에 일어나자마자 상담받으러 갔다. 예술인복지재단에
서 심리 상담 프로그램을 운영하는데 엄마의 디그니타스
행을 준비하며 마음을 추스르고자 이른 봄, 상담을 신청했
었다.

자리에 앉자마자 힘들었던 일들, 힘들다고 느끼는 것들
에 대해 쏟아내듯 말했다. 가만히 얘기를 들은 상담사는 함
께 애도할 사람이 없어 그런 거라고 말했다.

"애도의 과정이란 슬픔도 나누고, 그 사람과 좋았던 추
억도 나누는 행위입니다."

그러고 보니 아빠와 예전보다 대화를 많이 하지만 한계
가 있고, 형제와는 단절되어 있었다. 이모와 삼촌이 있지만

자주 왕래하던 사이가 아니라 새삼 연락하기는 쉽지 않았다. 남편도 나름대로 자신의 슬픔을 누르고 감당하느라 여력이 없었다. 내게는 엄마를 아는 공통의 지인이, 함께 엄마에 대해 이야기하며 그리움을 나눌 사람이 없는 것이다. 오죽하면 동네 병원의 의사 선생님을 찾아가 식사를 청해볼까도 생각해봤다. 친구의 의견을 물어보니 부담스러워하실 거라며 만류했다.

상담사는 장례식을 하지 않은 것도 마음에 영향을 미칠 수 있다고 했다.

"장례식은 망자를 떠나보내는 의식이지요. 때로는 형식적인 면이 중요해요."

그는 장자 이야기도 해주었다. 장자는 아내의 상을 치른 뒤 물동이에 바가지를 엎어놓고 두드리며 노래를 불렀다. 장자의 친구가 슬퍼해도 모자란 판에 무슨 짓이냐며 질책하자 이렇게 말했다. 아내가 괴로움의 굴레를 벗어버리고 아무 거리낌 없이 즐거운 고향으로 갔는데 어찌 축하할 일이 아니겠는가?

떠나기 전날, 엄마에게 노란 장미를 건네며 행복의 나라에 가는 걸 축하한다고 말해야 했었나? 아니, 나에게는 그럴 만큼의 배포가 없다.

상담을 마치고 그가 포옹해주었다. 그리고 속삭이듯 말했다.

"인생을 낭비하지 마세요."

엄마가 했던 말과 정확히 일치해 놀랐다. 시간을 아껴라. 일상을 지켜라.

돌아오는 길, 장례식의 의미에 대해 생각했다. 장례식은 죽은 사람이 아닌 산 사람을 위한 의식이라는 말이 있다. 나도 그렇게 생각해왔다. 하지만 상담사의 말대로 때로는 형식이 중요하다. 시어머니의 장례식에서 지인들이 올 때마다 어머니가 돌아가신 과정을 설명하던 남편. 그렇게 몇 번이고 반복해 말하면서 비로소 어머니의 죽음을 받아들였던 시간. 장례식을 하지 않았다면 가질 수 없는 소중한 경험이다.

나는 엄마의 장례식을 치르지 못했다. 엄마의 뜻에 따른 일이었지만 엄마를 제대로 보내드리지 못했다는 죄책감이 자꾸만 들었다. 장례식을 했다면 적어도 손자들이 할머니의 죽음을 모르는 일은 없었을 것이다.

나는 '산 사람을 위한 의식'을 다른 각도에서 보기로 했다. 죽은 이를 온전히 떠나보낼 수 있는, 산 사람이 마음의 매듭을 짓고, 다시 일어설 힘을 주는 의식이라면….

이제 와 장례식은 할 수 없지만 엄마를 그리는 추모식이라면 어떨까. 추모식을 한다면 언제가 좋을까. 엄마의 생일? 엄마의 생일에, 추모식을 해야겠다.

환생

엄마는 스위스 사람으로 태어나고 싶다고 했지.

오늘 난 보름달을 보며 빌었어.

엄마가 스위스에서 다시 태어나기를.

부잣집 딸로 태어나 부족한 것 없이 살기를.

내 책이 독일어로 번역되어 어린 소녀인 엄마가 읽기를.

내가 초안을 보여줬던 동화를 읽으며 소녀는 이유를 알 수 없는 눈물을 흘리겠지. 낯선 나라 작가의 이름을 소리 내어 읽어볼 거야.

분홍색 입술 사이로 내 이름이 나오는 순간, 나는 엄마가 내 곁에 함께하고 있음을 느낄 수 있을 거야.

그렇게라도 엄마와 내가 이어진다면, 우리의 생각이 어

딘가에서 만나 서로의 사랑을 어루만질 수 있겠지.

말년에 내가 스위스에서 살게 된다면 우리는 리마트강 변의 카페에서 스쳐 지나갈지도 몰라. 나는 아름다운 소녀에게 미소를 보내고, 소녀도 먼 나라에서 온 할머니를 보며 수줍게 웃어. 어쩌면 당돌한 웃음을 지을지도 모르겠다. 엄마라면.

그리고 자기 엄마에게 달려가 안기겠지. 두 사람은 나를 바라보며 미소 지을 거야. 나는 두 사람을 향해 가볍게 손을 흔들어주고. 난 그 소녀가 엄마인지 알아볼 수 없겠지만, 그날 밤 꿈에서 엄마를 만날 거야.

엄마의 CT 결과를 보다

내가 엄마의 마지막 허리 CT 검사 결과를 보러 병원에 가 겠다고 했을 때 아빠는 가지 말라고 했다. 쓸데없는 일, 시 간 낭비, 돈 낭비일 뿐이라고. 엄마도 떠나기 전에 똑같이 말했었다. 하지만 나는 원래 말을 잘 듣는 딸이 아니다. 기 어코 정형외과에 진료 예약을 했다. 고인을 대신해 진료 결 과를 보려면 사망 진단서와 가족관계증명서가 필요했다. 나는 디그니타스에서 메일로 받은 임시 사망 진단서와 번 역본을 챙겨 갔다.

　예약 시간은 10시 16분이었는데 아침 9시까지 갔더니 9시 15분에 의사를 만날 수 있었다. 2022년 엄마의 허리 수 술을 집도한 C 교수였다.

진료실에서 모니터에 띄워진 뼈의 단면들을 보며 의사를 기다렸다. 3분쯤 지나고 의사와 수련의들이 건너편 방에서 들어왔다. 종합병원 의사들은 대개 나란히 붙어 있는 두 개의 방을 오가며 진료한다.

"조순복 님, 7월 20일 이후 진료 기록이 없네요."

의사가 차트를 넘겨 보며 말했다. 나는 솔직히 말하고 싶었다.

"네. 8월 초에 스위스에서 조력사망하셨어요."

"추락사요?"

"조력사망이요."

"추락사요?"

이런 선문답이 두어 번 반복되다가 교수의 인지 범위에 조력사망이라는 단어가 없다는 걸 깨닫고 "안락사"라고 고쳐 말했다. 허, 교수는 약간의 탄식을 흘렸다. 그는 엄마의 차트를 다시 살펴보며 스위스에 가신다고 말했던 기억이 난다고 했다.

"스위스에 꼭 가셔야 한다고, 그래서 허리 수술을 한다고, 걸을 수 있어야 한다고 말씀하셨어요. 저는 버킷리스트로 여행을 가시는 거라고 생각했는데…."

교수가 말끝을 흐렸다. 엄마가 그런 말을 했었구나. 나는 소리 없이 눈물을 줄줄 흘리며 물었다.

"엄마가 4월 9일에 넘어지셨는데요. 그 이후 허리 통증이 심해지고 자주 넘어지셨어요. 그래서 수술한 부위가 잘못된 건지 궁금해 CT 촬영을 하셨고요."

"암 때문이에요. 여기 보시듯이 수술 부위는 그대로 잘 있습니다. 이쪽에 검은 부분들 보이시죠? 이게 다 전이된 암세포거든요."

의사가 가리킨 대로 뼈마디는 어긋난 데가 없었고, 척추 옆에 시커먼 암들이 긴 얼룩처럼 자리 잡고 있었다. 엄마를 괴롭힌 암. 엄마와 함께 세상에서 사라진 세포들.

"혹시 사본이나 기록이 필요하실까요?"

나는 사본을 신청했다. CT 결과뿐만 아니라 전이된 이후의 MRI, 뼈 스캔 결과지까지 전부 다. 엄마의 뼈를, 사진으로나마 간직하고 싶었다. 의사가 짧은 위로의 말을 건넸다. 안도하는 심정으로 진료실을 나왔다. 이제는 아빠를 원망하지 않아도 된다. 나는 줄곧 4월 9일에 산책하다 넘어져서 엄마의 상태가 더 악화되었다고 의심했다. 그날따라 아빠가 다른 길로 가는 바람에 다리에 힘이 없는 엄마가 넘어진 것이라고.

병원에는 엄마의 흔적이 수없이 남아 있었다. 나는 지하로 내려갔다. 엄마가 좋아하던 호박파이, 엄마랑 같이 샀던 맛없는 만두, 엄마가 원피스를 사준 옷 가게, 내가 털모자를 사달라고 졸랐던 액세서리 가게, 일식집, 중식집, 엄마가 가던 화장실…. 울면서 병원 곳곳을 누볐다. 엄마에게 병원은 쇼핑몰이고, 식당이고, 문화 공간이었다.

1층으로 올라와 자그마한 갤러리에서 열리는 코스모스 그림 전시를 봤다. 엄마가 침대 머리맡에 붙여놓은 엽서들이 여기에서 왔구나. 말 그림을 침대에 붙이며 말처럼 마음껏 달리고 싶었을 엄마, 소나무 그림을 붙이며 나무처럼 굳건하고 싶었을 엄마…. 나는 코스모스가 동그란 구처럼 가득 그려진 엽서를 받아왔다.

엄마가 덜 아플 때 함께 걷던 길을 따라 잠실나루역으로 갔다. 중간에 엄마랑 쉬던 벤치에 앉았다. 그곳에 앉아 있으면 성내천과 병원 건물이 한눈에 보인다. 지난해 겨울, 우리는 여기 앉아 병원 지하에서 산 호떡을 나눠 먹었다. 걸어오는 동안 식은 호떡은 달고 질겼다.

"식어서 맛없다. 그렇지?"

"괜찮아. 맛있어."

입맛이 까다로운 엄마가 식은 호떡이 맛있다고 먹었다.

그때는 어리둥절했는데 지금은 알 것도 같다. 딸이랑 먹으니까 맛있었지, 엄마?

엄마와 둘이 나란히 앉았던 벤치에 혼자 앉아 엄마 목소리를 들었다. 아니 에르노가 말했다. 죽는다는 것은 목소리를 잃는 것이라고. 내게는 엄마의 녹음된 목소리가 남아 있지만 더는 엄마의 새로운 목소리를 들을 수 없다.

엄마 바위, 왕할아버지 소나무, 청설모

매주 토요일 아빠 집 — 나는 이제 엄마 집을 아빠 집이라고 부른다. 상상도 못 했던 일인데 아무렇지도 않은 것처럼 — 에 가면 아빠와 뒷산 산책로에 간다. 엄마가 있을 때 함께 다니던 산책로다. 나무로 된 데크길을 걷다 보면 아빠가 '엄마 바위'라고 부르는 바위가 나온다. 사람이 웃는 옆얼굴을 닮은 넓적한 바위로, 엄마는 항상 입꼬리 부분에 손을 대고 우리 가족의 건강과 행복을 빌었다. 이제는 내가 엄마를 따라 가족의 건강과 행복을 빈다.

　조금 올라가면 돌탑이 나온다. 엄마는 돌탑에도 작은 돌을 올려놓으며 소원을 빌었다. 반짝이는 브로치와 핀을 갖다 놓기도 했다. 나도 아빠도 돌을 찾느라 열심이다. 나는

반투명한 돌을, 아빠는 납작하고 매끈한 돌을 주워 돌탑에
올린다. 그렇게나마 엄마의 손길과 마음을 느낀다. 조금 더
가면 왕할아버지 소나무가 있다. 엄마가 처음 암 선고를 받
았을 때 끌어안고 하소연하며 많이 의지했던 나무다. 나는
엄마가 안았던 소나무를 끌어안는다. 거친 껍질에 얼굴을
대본다.

다시 돌탑으로 내려와 그 앞의 벤치에 앉는다. 엄마와 그
랬던 것처럼 아빠와 귤을 나눠 먹는다. 아빠가 말한다.

"여보, 당신하고 둘이 먹던 자리에서 딸하고 둘이 먹네."

길을 돌아 반대편 약수터에 들러 내려온다. 아빠가 엄마
이야기를 한다.

"엄마는 여기 서서 두 팔을 벌리고 햇살을 받았어. 해를
보며 온몸을 소독해달라고, 병을 없애달라고 빌었지. 저기
벤치 근처에는 작은 청설모가 있었어. 배가 하얗고 귀여운
아기 청설모. 엄마가 건빵을 주면 두 손으로 잡고 먹고, 난
간에 조르륵 놔주면 하나 가져다 숨겨놓고 돌아오고, 또 하
나 가져다 숨겨놓곤 했단다. 가지러 오면서도 누가 빼앗아
갈까 봐 줄곧 숨겨놓은 자리를 돌아보면서. 엄마는 그 근
처에 올라오면서부터 청돌아, 청돌아, 하고 불렀어. 청돌아,
청돌아!"

아빠가 엄마를 흉내 내어 부르는 소리가, 어느새 엄마 목소리처럼 느껴졌다.

청돌아! 나도 따라 큰 소리로 불러봤다.

추모 귀걸이

할머니가 돌아가신 뒤, 엄마는 오랫동안 머리에 하얀 리본 핀을 꽂고 다녔다. 하루는 할아버지가 엄마의 리본 핀을 보며 "머리에 네 엄마가 있네." 했다는 얘기를 들려주었다.

엄마와 디그니타스에 갈 준비를 할 때였다. 문득 그 얘기가 떠올랐다.

"엄마 가고 나면 나도 리본 핀 꽂고 다녀야지."

"너 핀 안 꽂잖아."

엄마가 심드렁하게 말했다. 엄마 말이 맞다. 나는 핀을 잘 꽂지 않는다. 학창 시절 엄마가 사준 수많은 핀을 한 번도 꽂지 않았다! 시계나 목걸이, 팔찌 같은 액세서리도 불편해서 하지 않는 편이다. 그래도 귀걸이는 한다. 마침 나는 리본 모양 귀걸이를 하고 있었다.

"그럼 이런 리본 귀걸이 할까?"

"귀걸이?"

"응. 우리 집 앞에 공방이 있어. 그 공방에서 하얀 리본
으로 만들면 돼."

"그래. 그럼 좋겠네. 지금 귀걸이보다 조금 커도 돼."

이런 대화를 나누고도 선뜻 귀걸이를 제작 주문할 수가
없었다. 그러려면 귀걸이의 용도를 설명해야 할 텐데, 엄마
가 이런저런 사정으로 돌아가실 예정이라는 말을 할 자신
이 없었다. 다른 핑계를 대고 싶지도 않았다.

나는 엄마를 보내고 나서야 공방에 찾아갔다. 엄마를 추
모하는 리본 귀걸이를 만들고 싶어요.

처음에는 하얀 리본을 원했는데 새하얀 색으로는 만들
수 없어 은으로 제작했다. 원래 리본 모양을 만들지 않는다
며 난감해하던 W 선생님은 내 사연을 듣고 굉장히 고심하
고, 마음을 다해 만들어주셨다.

결과물은 완벽했다. 세상에 단 하나뿐인 예쁜 귀걸이. 엄
마가 봤다면 무척 좋아했을 것이다.

선생님이 은 세척제도 주셔서 나는 요즘 부지런히 귀걸

이를 닦는다. 은이라 조금만 경계를 늦추면 변색이 되고 만다. 엄마 말이 맞다. 귀걸이를 닦는 건 중요한 일이다.

검은 옷을 입는 일

나는 검은 옷이 거의 없다. 밝은 계열의 색이 잘 어울리는 편이라 그렇다. 몇 년 전 상갓집에 갈 때 남편 옷을 빌려 입고 간 적도 있다. 그러고 보면 엄마도 어렸을 때부터 내게 밝은색 옷을 입혔다. 엄마는 솜사탕의 연분홍색과 병아리의 연노란색을 워낙 좋아하기도 했다.

엄마를 떠나보내고 검은 옷을 사기 시작했다. 티셔츠, 바지, 점퍼, 가리지 않고 샀다. 검은 옷을 입지 않으면 엄마에게 미안한 마음이 들었다.

어느 날, 강연하러 가는데 온통 검은색으로 입었다. 남편이 또 검은 옷을 입느냐고 물었다.

"엄마를 추모하기 위해 입은 거야. 난 앞으로 검은 옷만 입을 거야."

"강연은 어머니를 추모하는 자리가 아니잖아."

남편이 반박했다. 일리 있는 말이었다. 검은 옷을 입고 가는 것이 격식에 어긋나는 것은 아니지만 내 마음가짐의 문제였다. 나는 밝은 옷으로 갈아입으며 또 한 번 고민에 빠졌다.

"그래도 무언가는 검은색이어야 해."

오래된 것, 파란 것, 빌린 것, 새것. 네 가지를 갖춰야 한다는 영국 결혼식 풍습처럼 나도 검은 아이템이 있으면 좋겠다고 생각했다.

"그럼 검은 매니큐어를 칠해."

남편이 아이디어를 냈다. 나쁘지 않은데? 아니, 좋은데?

나는 요즘 검은 매니큐어를 바른다. 왼손 약지와 새끼손가락에, 엄마를 기억하는 표식처럼.

사람들이 두 개만, 왼쪽에만 바르는 이유를 묻는다. 특별한 이유가 있는 건 아니라고 답하지만 사실 그리 대단하지는 않은 이유가 있다. 다섯 손가락을 다 바르면 일반적인 네일아트로 보일 테니, '무언가 검은 것, something black'

이라는, 나만의 특별한 느낌을 간직하고 싶었다.

　꼭 검은 옷만 입지 않더라도 무채색 계열로 입고 싶었지만 내 옷장에는 여전히 파스텔 톤의 옷들이 가장 많다. 그래서 엄마가 좋아하는 분홍색도 입고, 내가 좋아하는 하늘색도 입는다. 검은 매니큐어가 있는 한 괜찮다.

지상에서의 마지막 일주일

DMZ 다큐멘터리 영화제에서 상영하는 〈지상에서의 마지막 일주일(man on earth)〉이라는 다큐멘터리를 보러 갔다. 〈지상에서의 마지막 일주일〉은 조력사망을 선택한 파킨슨병 환자의 마지막 일주일을 담은 영화다.

주인공 밥은 욕실 디자이너였다. 건강할 때는 엘튼 존이나 베르사체 같은 유명인의 욕실을 디자인하기도 했다. 그런 그에게 파킨슨병이 찾아왔다. 아직 세상 돌아가는 일에 관심이 많고 기타도 치고 싶지만, 탈수증으로 깡마른 몸은 뜻대로 움직이지 않는다. 65세의 밥은 조력사망을 통해 지난한 고통을 끝내기로 한다.

나는 이 다큐멘터리를 보며 많이 울고, 분노하고, 부러워
했다.

울음은, 초반부터 터져 나왔다. 영화가 시작되면 흑백에
가까운 부연 화면에 구름 속을 유영하는 검은 그림자가 나
타난다. 그리고 나지막이 깔리는 독백. 밥은 꿈을 꾼다. 자
유롭게 어디론가 낙하하는 꿈을, 반복적으로 꾼다. 꿈을 형
상화한 몽환적인 화면과 이 세상 사람이 아닌 주인공의 목
소리. 나는 눈물을 주체할 수가 없었다. 아무도 울지 않는
조용한 극장에서 흐느낌이 새어 나올까 봐 미리 준비해 간
수건으로 입을 틀어막았다.

밥이 사는 워싱턴주에서는 6개월 이내의 시한부 선고를
받으면 의사 조력자살이 가능하다. 그는 삶의 마지막을 여
유롭게 정리하고, 이웃에게 말한다.

"어, 안녕하세요. 나 이번 주 금요일에 죽을 거예요. 그
전날 파티하는데 올래요?"

이웃 사람이 대답한다.

"그럼요, 갈게요."

엄마도 스위스까지 가지 않을 수 있었다면 밥처럼 파티
까지는 아니더라도 생전 장례식을 치를 수 있었을 것이다.

그는 자기감정에도 솔직하다. 외로움을 표출하고 파킨슨

병에게도 거친 욕설을 하며 감정을 분출한다. 내 인생을 망친 네가 행여 내 자식들을 넘본다면 가만두지 않겠다며.

조력사망 당일, 밥은 자기 침대에서 지인들에게 둘러싸인 가운데 약을 마신다. 마시는 순간, 주변 사람들이 잔을 채우고 함께 건배해주었다. 나도 엄마에게 그렇게 해줄 수 있었다면 좋았겠지만 블루하우스에서 그런 여유를 가질 틈이 없었다는 것도 안다. 그래서 그가, 그의 조력사망 과정이 부러웠다.

분노는 클라이맥스를 보며 느꼈다. 첫 번째 부인과 이혼한 뒤 재혼한 밥에게는 자식이 여럿 있었다. 큰아들 제시는 아버지를 헌신적으로 간병하지만 의견 차이로 툭탁거리는 일도 잦다. 너무 가까이 있어서일까, 밥은 큰아들보다 늦둥이인 막내아들을 더 애틋하게 여긴다. 하지만 막내아들은 끝내 아버지를 만나러 오지 않는다. 자신은 아버지의 죽음을 "감당할 수 없다"며. 밥은 아들과 마지막 영상 통화를 하고 오열하며 몸부림치다 침대에서 굴러떨어진다. 이 장면을 보며 많은 관객이 울음을 터뜨렸다. 정작 나는 눈물이 나오지 않았다. 부모의 죽음 앞에 자신의 감정을 앞세우는 자식을 나는 이해할 수 없다. 이해하고 싶지도 않다.

영화가 끝나고 감독과의 대화 시간이 있었다. 호주에서 다큐멘터리를 제작하는 아미엘 코틴-윌슨은 이 작품 이전에 2년간 세계 각지의 사람들을 만나, 죽은 뒤에 신체가 어떻게 변하는지 적외선 카메라로 담는 작업을 하고 있었다. 어느 날, 주인공인 밥이 감독에게 연락해 자기 이야기를 다큐멘터리로 만들면 어떻겠냐고 제안했다. 그는 일주일간 촬영과 동시에 편집 작업을 해서 사망 전날 밥에게 40분 정도의 분량을 보여주었다. 이런 점도 부러웠다. 엄마도 자기 모습이 화면에 어떻게 담길지 누구보다 궁금했을 텐데.

현재 미국의 몇몇 주와 네덜란드, 벨기에, 스위스, 룩셈부르크, 콜롬비아, 캐나다 등의 국가에서 존엄사를 허용한다. 각각의 국가마다 존엄사를 허용하는 요건도 다르고 용어도 차이가 있지만 추구하는 목표는 같다. 환자의 자기 결정권을, 존엄하게 삶을 마무리하고자 하는 권리를 보장한다는 것이다.

가장 편안한 장소에서 맞이할 수 있는 죽음과 스위스라는 낯선 나라에 가서 맞이해야 하는 죽음. 둘 중 어떤 쪽이 환자의 고통을 줄여줄 수 있는지, 편안한 작별을 할 수 있을지는 명확하다. 스위스까지 가느라 우리는 너무 많은 시간과 에너지를 쏟아부어야 했다. 비용 문제도 무시할 수 없다. 디그니타스에 회원 가입을 하고, 조력사망을 진행하는 데에는 한화로 2천만 원 정도의 비용이 든다. 항공권과 숙박료도 만만치 않다. 엄마는, 외화 낭비라고 말했다. 우리나라에서는 언제쯤 조력사망 제도가 시행될 수 있을까?

엄마의 49재

9월 20일, 엄마의 49재. 불교 신자는 아니지만 아빠와 49재를 치르기로 했다.

　공교롭게도 경기도의 고등학교에 강연이 있었다. 광역버스를 타고 가는데 앞이 보이지 않을 정도로 빗줄기가 내리쳤다. 엄마가 떠나기 전날에는 폭풍우가 몰아쳤고, 엄마가 떠나고 난 다음 날 부슬비가 내렸는데, 49재 날 장대비라니 오묘하다는 생각이 들었다.
　학생들이 내 질문에 대답을 하지 않아 마음이 아렸다. 수줍음을 타는 아이들이 대답하지 않는 건 예삿일인데도. 요즘은 마음이 물고기의 부레만큼이나 연약해져서, 조금의

자극만 받아도 찌부러지거나 찢어져버릴 것 같다.

　강의를 마치고 엄마가 좋아하던 해삼탕을 사서 아빠네 집에 갔다. 비 오는 날이라 택시가 잡히지 않아 지하철을 탔다. 출국하기 전전날, 땀 흘리며 음식을 나를 때처럼. 그러나 그날과 달리 나를 기다리는 건 엄마가 아니라 엄마의 영정 사진이었다. 한복을 곱게 차려입고 찍은 사진을 보자 명치 끝이 턱 막혔다. 엄마는 예순다섯, 암 선고를 받고 영정 사진을 찍어놓았다. 아빠는 여태껏 제사상 차리던 사람이 왜 거기서 받아먹느냐며, 내가 당신한테 절할 줄 몰랐다며 울었다. 그 말을 몇 번이나 반복했다.

　우리는 이제 음식을 먹을 수 없는 엄마를 대신해 해삼탕을 먹었다. 아빠는 내가 주말마다 아빠네 집에 와서 자는 게 큰 힘이 된다고 했다. 엄마와 함께 살던 집에서 혼자 사는 기분을, 나는 감히 상상할 수도 없다. 엄마는 아빠에게 내가 가고 나면 이사해, 하고 몇 번이나 당부했었다. 아빠가 고개를 저으면 걱정스러운 얼굴로 말하곤 했다. 내가 방에서 여보, 부르면서 뛰어나올 것 같아 어떻게 살려고?

　아빠의 친구들도 이사 가는 편이 낫지 않겠냐고 넌지시 이야기했단다. 그런데도 아빠는 엄마의 흔적, 추억, 환영,

어떤 것이든 함께 사는 쪽을 선택했다.

이사 가지 않는 이유에 대해 아빠는 이렇게 말했다.

사랑하는 사람을 잃은 뒤 빨리 잊고 나아가는 사람과 천천히 기억하며 머무르는 사람이 있다고. 슬픔을 극복해야 할 대상으로 보는 세상의 조류에는 반하는 일이지만 아빠는 머무르기로 했다고.

주말이 아니지만 아빠네서 잤다. 엄마 침대에 누우면 신기할 정도로 마음이 편하다. 엄마의 영혼이 여기 있어 나를 안아주는 것만 같다. 물리적으로 힘이 가해진 것과는 확연히 다른 느낌이지만.

엄마 꿈들

지금도 나는, 엄마 꿈을 자주 꾼다.

꿈1

나는 엄마와 스위스에 있다. 엄마는 몹시 아프다. 다리가
마비되어 혼자 걸을 수 없다. 내가 옆에서 부축하지만 힘이
달린다. 엄마가 넘어지지 않도록 잘 잡아줘야 하는데 어찌
할 바를 모르겠다. 기어코 엄마가 넘어진다. 일으키려 하지
만 내 힘으로는 불가능하다. 그러다 문득, 엄마가 죽었다는
사실을 깨닫는다. 잠에서 깬다. 엄마와 스위스에 있는 꿈은
다시 수험생이 되어 시험을 보는 꿈처럼 자주 반복된다.

꿈2

어떤 꿈에서는 내 바람이 이뤄지기도 한다. 나는 엄마와 만난다. 나란히 앉아 엄마에게 하고 싶었던 시시한 얘기를 늘어놓는다. 엄마, 나 아쿠아로빅 하러 가서 아줌마랑 싸웠다. 그 아줌마가 먼저 무례하게 굴었어. 난 정의의 사도였지. 엄마 나 옛날 영화 〈애수〉 봤다. 엄마도 좋아했던 영화 잖아. 〈올드 랭 사인〉 음악도 좋더라. 엄마, 엄마 말대로 카린하고 친해졌어. 매주 영상통화도 하고 지내. 엄마의 부드러운 피부를 쓰다듬으며 곁에 기대앉아 조잘거린다. 그렇게 신나게 얘기하다 문득 엄마가 죽었다는 사실을 알고 슬퍼진다. 잠에서 깬다.

꿈3

아빠, 엄마, 나 셋이 식당에 갔다. 엄마가 4인용 테이블에 앉지 않고 테이블 옆에 따로 떨어져 있는 의자에 앉았다. 반듯하게 허리를 펴고, 두 손을 무릎 위에 올리고. 그 의자는 테이블 의자와 다르게 생겼다. 퀘이커 교도의 가구처럼 아무 꾸밈 없는, 소박한 나무 의자다.

엄마, 왜 거기 앉아 있어? 이리 와서 앉아.

내가 말해도 엄마는 움직이지 않았다. 아무 말도 하지 않고 그저 보일 듯 말 듯 모나리자를 연상시키는 미소를 짓고 있을 뿐이다. 엄마가 왜 거기 앉아 있는 걸까. 속상해하다가 잠에서 깼다.

　죽은 사람은 꿈에서 말하지 않는다는 이야기가 있다. 하지만 다른 꿈에서 엄마는 나와 대화했다. 오직 이 꿈에서만 말하지 않았다. 게다가 이 꿈은 다른 꿈들보다 선명하게 각인되어 있다. 이 꿈만큼은 내 무의식에서 나타난 엄마가 아니라 진짜로 엄마가 내게 온 것이 아닐까? 엄마가 테이블 밖의 의자에 앉아 있던 건, 비록 나와 같은 세상은 아니지만 어딘가 다른 세상에는 있다는 걸 암시하는 징후가 아닐까?

　꿈4
　나는 엄마가 탄 휠체어를 민다. 제법 익숙해져 울퉁불퉁한 골목길도, 좁고 굽은 길도 지나갈 수 있다. 이렇게 내가 휠체어에 태우고 다니면 엄마가 10월 말까지 살아도 되겠다, 생각하다가 어? 벌써 10월이 지났구나, 하고 놀란다. 엄마한테 엄마 생일까지 더 살자고, 1월 말 지나고 스위스에 가자고 한다. 엄마는 조금 미소 짓는다. 대답은 하지 않는다. 나는 잠에서 깬다. 눈을 감은 채 꿈에서 본 엄마의 표정

을 되새긴다. 엄마는 "너도 알잖아. 이미 끝난 거."라고 말
한 것 같다.

꿈5

또 스위스에 간 꿈이었다. 이번에는—현실과 다르게—
오빠와 함께 갔다. 내가 잠시 자리를 비운 사이 엄마는—
역시 현실과 다르게—주사를 맞았다. 수액이 매달린 주삿
바늘이 엄마의 팔에 꽂혀 있었다. 그런데 혈관 밖으로 수액
이 샜는지 팔뚝이 부풀고 검붉은색으로 물들었다. 엄마가
경련했다. 어쩔 줄 몰라 우는데 엄마의 상태가 진정되었다.
곧 간호사들이 와서 엄마에게 그 약물을 주입했다.

마지막 순간, 나는 엄마에게 미안하고, 고맙고, 사랑한다
고 말했다. 그리고 (몹시 유치하게도) 아들이 좋냐 딸이 좋
냐 물었다.

"아들이 좋다! 아들이! 아들! 아들!"

엄마가 열 번도 넘게 아들을 외치며 악을 썼다. 이를 드
러내며 추하게 일그러진 얼굴로, 잇몸과 입술은 짙은 보랏
빛으로 물든 채. 나는 분노하고 질투하며 속을 끓였다. 나
에게 왜 그러는지 원망스러웠다. 그러다 갑자기 엄마가 일
부러 그런다는 걸, 진심이 아니란 걸 알게 되었다.

나는 마음을 가라앉히고 "그래도 난 엄마 사랑해."라고 말했다. 엄마는 그제야 편안한 표정을 지었다. 아름다운 얼굴, 내가 사랑하는 엄마로 돌아왔다.

"딸, 사랑해."

엄마가 말했다.

나는 잠에서 깼다. 엄마가 무서운 얼굴로 나오다니, 이런 게 사람들이 말하는 정 떼는 꿈인가 보다 생각했다. 근데 어쩌지, 엄마? 엄마의 시도는 아마도 실패한 거 같아.

꿈6

엄마, 보고 싶다. 엄마, 어디 있어?

엄마, 오늘 밤에는 와서 내 머리 쓰다듬어줄 거야?

오늘 밤 꿈에는 나랑 즐겁게 얘기하자.

같이 온천에 가자. 아프지 말고.

사후 세계를 믿기로 하다

엄마가 세상에 없다. 하늘나라에 있다. 오랫동안 만나지 못한다. 언젠가 만날 거라 믿는다. 믿고 싶다. 믿는 대로 이뤄지면 좋겠다. 엄마가 하늘나라에서 마루와 함께 나를 기다리고 있으면 좋겠다. 그동안 엄마가 만나고 싶었던 할머니와 작은삼촌을 만나 행복하게 지내면 좋겠다. 사진으로만 봤던 두 분을 나도 꼭 만나고 싶다. 그게 요즘 나의 바람이다.

나는 점이나 미신 같은 걸 믿지 않는다. 사후 세계도 마찬가지다. 눈으로 본 것만 믿는다고 할 수 있다. 그렇지만 외계인은 예외다. 외계인을 본 적은 없지만 존재한다고 믿는다. 이 넓은 우주에 생명체라고는 지구인밖에 살고 있지 않다면 얼마나 큰 공간의 낭비인가, 하는 칼 세이건의 말에 100% 공감한다. 그런 측면으로 접근한다면 ―외계인과 유령은 전혀 다른 차원의 존재지만―눈으로 본 것만 믿는다는 건 오만이라는 생각이 들기도 한다. 실제 눈으로 본 것이라도 왜곡되었을 가능성이 있는 데다가, 사람은 자기가 보고 싶은 대로 보는 경향이 있으니까.

새삼 이런 이야기를 하는 건, 엄마를 떠나보낸 뒤 사후 세계에 대해 진지하게 고민하고 있기 때문이다. 엄마가 떠나고 정원에 나타난 노란 나비라든가, 평소와 다른 꿈의 영향도 있는 것 같다. 별로 보지 않던 유튜브도 검색하고, 사후 세계와 관련된 책도 읽었다. 특히 엘리자베스 퀴블러 로스 박사의 『사후생』이 인상적이었다.

퀴블러 로스 박사는 스위스 취리히에서 태어났다. 정신과 의사로 일하며 불치병을 앓는 아이들과 죽음을 앞둔 환자들을 만났고, 죽음 이후의 삶이 실재한다고 주장했다. 그에 따르면 죽음은 또 다른 세계로 나아가는 문이다. 번데기를 벗고 나비가 되는 것처럼 육신에서 벗어나 새로운 형태가 되는 것이다. 죽음은 고통과 고뇌가 없는 다른 존재로의

변화일 뿐이며 결코 끝이 아니다.

많은 이들이 그의 이야기에 위안을 받았다. 나는 위안을 받는 한편 혼란스러웠다.

퀴블러 로스 박사의 말대로라면 인간이 죽은 뒤 가는 문 밖의 세상은 어떤 형태일까? 천국처럼 슬픔과 고통이 없는 낙원인가? 데이터 형태로 업로드되는 것처럼 이쪽 세상을 떠난 모든 영혼이 살고 있는 곳일까? 그렇다면 지옥은 존재하는가?

의문은 계속된다. 불교에서는 윤회설을 믿는다. 만약 죽은 이가 환생한다면 나는 엄마를 다시 만날 수 없는 것인가? 영화에서처럼 환생하고 또 환생하고… 영겁의 시간이 지나고 나서야 다시 만날 수 있는 걸까?

신앙 없이 갓 사후 세계를 믿기로 한 나로서는 쉽지 않은 문제였다. 하지만 한 가지는 확실했다. 어떤 형태가 되었든, 사후 세계가 있다고 믿는 쪽이 무조건 이득이다. 사후 세계가 있어 내가 죽은 뒤 엄마를 다시 만난다면 그보다 좋을 순 없고, 사후 세계가 없다면 죽음은 곧 끝. 더는 아쉬워할 수도, 속상해할 수도, 후회할 수도 없다.

그러므로 사후 세계를 믿는다고 해서 손해 날 건 전혀 없는 것이다.

사망신고

사망신고를 한 건 9월 26일, 엄마가 떠나고 55일 만이었다.

　일부러 미룬 건 아니다. 스위스 당국에서 사망 진단서가 오지 않아 어쩔 수 없었다. 카린에게 물어보니 프랑스인이나 독일인은 디그니타스에서 조력사망하는 경우가 많지만 한국인은 극히 드물어 행정 처리에 어려움이 있다고 했다. 나는 은근히 늦어지길 바라는 마음으로 사망 진단서를 기다렸다. 사망신고를 하지 않는 한 엄마가 법적으로는 살아 있는 거니까.

　국내에서는 누군가 사망한 경우, 병원에서 사망 진단서를 발급받고 필요한 서류를 지참해 관할 구청이나 주민센터에 사망신고서를 제출하면 된다. 엄마의 경우에는 이보다 몇 배나 복잡한 과정을 거쳐야 했다.

8월 19일, 주스위스 한국대사관이 보낸 메일을 디그니타스로부터 전달받았다. 대사관이 보낸 메일에는 세 가지 질문이 있었다.

1. 조순복 씨의 사망이 가족에게 전해졌는가, ─ 만약 그렇다면, 언제 누구에게 알렸는가

2. 어떻게 그리고 어디에 묻혔는가

3. 어떻게 그리고 누가 한국의 등기소(Korean Registry Office)에 사망을 알렸는가

디그니타스는 회원의 개인정보 보호 차원에서 한국대사관의 질문에 일절 대답하지 않는다고 했다. 내가 원한다면 대사관과 연락할 수 있지만 그럴 필요는 없다고 조언해주었다. 나는 대사관 측에 연락하지 않았다. 긁어 부스럼이라고, 괜한 문제를 일으킬 필요는 없었다.

9월 15일에는 사망 진단서를 메일로 받았다. 사망 진단서는 5개 국어 ─ 프랑스어, 독일어, 이탈리아어, 영어, 로만슈어 ─ 로 표기되어 있었다. 아빠에게 사망 진단서가 나왔

다고 말했다. 아빠는 어서 사망신고를 하자고 했다. 나는 서두르고 싶지 않아 번역 공증을 알아봐야 한다는 핑계로 미뤘다.

9월 19일, 구청에 가서 엄마가 스위스에서 돌아가셨는데 번역 공증 없이 사망신고가 가능한지 물었다. 담당 직원이 누가 번역하든 정확히만 하면 된다고 했다. 내가 구청에서 신고하겠다고 하니 아빠가 집 근처 주민센터에서 하자고 했다. 추석 전에 하는 게 좋겠다는 아빠의 말에 26일로 정하고 기자와 촬영 약속을 잡았다. 엄마가 떠난 뒤의 모습도 다큐멘터리에 포함될 예정이었다.

"엄마가 진짜 죽는 것 같아서 사망신고 하기 싫어."

26일 아침, 내가 말했다. 사망신고를 하면 돌이킬 수 없다는 생각이 들어 영 내키지 않았다.

"법적으로 해야 하니까 하는 거야. 그렇지만 우리 마음 속에는 늘 살아 있어."

아빠가 이런 다정한 말을 하다니, 놀라웠다. 엄마가 떠난 뒤 아빠는 간혹 '아빠답지 않은 말'을 한다. 그럴 때마다 나는 엄마가 아빠의 입을 빌려 이야기하나?라는 생각이 든다.

취재진을 만나 점심을 먹었다. 나는 아직도 음식을 먹는 일이 좀 낯설었다. 기자가 내 민낯을 보고는 화장하고 오라고 말하려다 부담스러울까 봐 안 했다며 웃었다. 엄마라면 촬영하는 날 반드시 풀메이크업을 했겠지만 나는 엄마의 사망신고를 하러 가는 날, 화장할 기분이 아니었다. 사실은 오전 내내 많이 우느라 화장할 수도 없었다. 화면에 못생기게 나오고 나서 후회하겠지.

신고하러 가기 전, 카페에서 사망 진단서와 번역한 서류를 확인하는 모습을 촬영했다. 엄마가 화장장에 가던 날처럼 비가 오다 말다 하는 흐린 날씨라 마음이 더 착잡했다. 사망신고서를 접수할 주민센터에는 취재진이 미리 촬영 협조를 구해놓았다. 조력사망에 대한 다큐멘터리라 하지 않고 말기암 환자들에 관한 기획 취재 중이라고 밝혔단다. 사망신고서를 작성하는 손이 떨렸다. 나는 여전히 엄마의 죽음이 실감 나지 않았다.

신고서를 제출하자 담당 직원이 사망 장소가 어딘지 물었다. 사망 장소를 적는 칸에 '페피콘, 스위스'라고만 쓰고, 주택, 의료기관, 공공시설, 상점, 호텔 등을 표시하는 항목은 기타에 동그라미를 친 채 괄호를 비워놨기 때문이다. 나는 약간 고집스럽게 병원이 아닌 기관이라고만 했다. 떠나

기 전 엄마는 디그니타스를 해외 보험기관이라고 했고 나
는 그래야 하는 현실이 속상했다. 이제 와서 엄마의 죽음에
대해 거짓말하고 싶지는 않았다.

"잠깐만 기다려주세요."

담당 직원이 신고서를 들고 뒤편으로 가더니 몇몇 직원
들과 상의했다. 족히 5분 넘게 이야기를 나누고 돌아와 접
수해주었다. 고작 신고서 종이가 이동할 뿐인데 엄마가 떠
나가는 뒷모습을 보는 기분이었다. 나는 또 눈물을 먹었다.
입술에 힘을 꽉 쥐었다. 울어도 되는데 울기 싫었다.

사망신고 절차는 그날로 마무리되지 않았다. 신청하고
2주가 지나 주민센터에서 연락이 왔다. 내가 제출한 사망
진단서가 원본이 맞는지 확인을 요청했다. 번역에 관해서
만 신경 쓰느라 원본이어야 하는지는 미처 생각하지 못했
었다. 마침 그날 원본을 우편으로 받은 참이라 제출하기로
했다. 그런데 직원이 사망 장소를 다시 물었다. 구청에 서
류를 넘기려면 정확한 장소를 입력해야 합니다. 내가 쉬이
대답하지 못하고 머뭇거리자 직원이 조심스레 물었다.

"죄송하지만 어머니께서 안락사를 하셨나요?"

"맞아요, 맞아요."

그런 질문이 나올 거라 어느 정도 예상했고, 솔직히 말할 생각이었기에 맞다는 대답이 두 번이나 튀어나왔다. 주민센터 직원이 나를 신고할 것 같지는 않았다. 신고해도 상관없었다.

10월 13일 오후 5시 50분, 구청에서 문자가 왔다.

[Web발신]
[○○구청 가족관계등록팀]
귀하께서 동주민센터에서 신청하신 가족관계등록 신고건이 처리 완료되었습니다. 가족관계증명서 등 서류 발급이 가능하오니 참고하시기 바랍니다.

얼른 온라인으로 가족관계 증명서를 확인해봤다. 엄마 이름 옆 네모 속에 사망이라는 두 글자가 생겨났다. 엄마를 완전히 잃은 듯한 느낌. 아빠에게 전화했다. 울고 있는 줄 몰랐는데 아빠가 나더러 울지 말라고 했다.

엄마는 8월 3일에 떠난 거야.

슬픔을 걷다

엄마를 떠나보내고 엄마가 보고 싶을 때마다 무조건 걸었다. 미세먼지가 심하면 마스크를 쓰고 걸었다. 비가 오면 비를 맞고 걸었다. 아이처럼 엄마를 부르며 울면서 걸었다. 사람이 없는 길을 골라 걸었다. 간혹 맞은편에서 사람이 오면 굳이 그럴 필요가 없다고 생각하면서도 울음이 저절로 잦아들었다. 사람이 지나가면 다시 목 놓아 울었다. 그렇게 걷고 울다 떠오른 말이 있었다.

슬픔을 걷다.
'걷다'는 다리를 움직여 바닥에서 발을 번갈아 떼어 옮기다,라는 의미가 있지만, 빨래를 걷다,라고 말할 때처럼

널거나 깐 것을 다른 곳으로 치우거나 한곳에 두다,라는 뜻
도 있다. 그러니까 '슬픔을 걷다'는 슬픔이라는 물속을 천
천히 통과한다는, 걷는다는 의미와 그렇게 걸음으로써 슬
픔을 걷어낸다는 의미를 동시에 지닌 문장이라고 생각했
다. 나는 지금 슬픔을 걷고 있어. 걷다 보면 슬픔이 걷힐 거
야.

  양재천을, 시민의 숲을, 근린공원을, 도로를, 발길 닿는
대로 걸으면서 엄마랑 통화한 내용을 들었다. 나는 엄마의
암이 전이되고부터 자동 녹음 기능을 사용했다. 그때부터
엄마가 이 세상에 존재하지 않게 되는 날을 대비한 것이다.
그래서 엄마와 통화 녹음이 3,811개나 있었다. 2, 3초 분량
의 짧은 것부터 한 시간이 넘는 것까지.
  가장 자주 듣는 것은 통화 녹음이 아니다. '딸에게 보내
는 편지'라는 제목의 음성 녹음이다. "2021년 11월 17일
아침 10시"로 시작하는 1분 남짓한 길이의 편지에서 엄마
는 딸을 격려하고 응원하고 사랑한다고 말한다. 몇 번이나
반복해 들었기에 외울 수 있게 되었다.

  엄마는 가계부와 일기를 꼬박꼬박 썼다. 일기는 손으로

쓰기도 하고 데스크탑 컴퓨터로 쓰기도 했다. 암이 전이되고 나서는 침대에 누워 음성 일기를 썼다.

음성 일기든 통화 녹음이든 엄마의 목소리를 들을 수 있어 좋다. 특히 통화 녹음을 듣다 보면 엄마랑 내가 이야기하고 있는 듯한 착각이 들기도 한다. 이런 세상에 살고 있다니 다행스러운 일이다. 그러면서도 아쉽다. 엄마랑 실시간으로 대화하고 싶다. 인공지능이 엄마와 내 통화의 패턴을 분석하면 내 질문에 엄마가 살아 있을 때처럼 대답해 줄 수 있을 것이다. 어려운 기술도 아니라고 생각한다. 악용 가능성이나 윤리적인 문제가 해결된다면 아마 지금도 가능하지 않을까? 어서 그런 서비스가 나와서 엄마와 다시 수다 떨고 싶다. 머릿속에서 욕심이 커진다. 단순히 대화뿐만 아니라 로이 서비스도 가능하지 않을까?

「로이 서비스」는 내가 쓴 단편소설이다. 근미래 사회를 그린 SF로, 로이 서비스란 좋은 이별을 하기 위해 만들어진 특별한 장례 문화다. 고인과 키, 몸무게, 체형이 동일한 안드로이드 동체에 기억을 이식하고 인공 배양 피부를 붙여 고인과 똑같이 만들어주는 서비스다. 주인공 다인은 할아버지와 똑같이 생긴 로이를 가짜 할아버지라고, 기계 인형이라고 무시한다. 그러다 지호라는 또래 친구를 만나고 어떤 일을 겪으며 로이를 다시 보게 된다.

마지막 장면에서 다인은 바닷가를 달려가며 생각한다.

"할아버지가 보고 싶다. 할아버지와 함께 책을 읽고 싶다. 책을 읽어 주는 할아버지의 목소리가 듣고 싶다. 할아버지의 손을 잡고 바닷가를 걷고 싶다…. 괜찮아. 아직은 슬퍼하지 않아도 돼. 로이는 할아버지가 아니지만 그래도 할아버지니까."

나는 작가의 말에서 독자들에게 "로이 서비스를 신청하시겠습니까?"라고 물었다. 질문을 던지던 그때나 지금이나 내 대답은 '네'다. 로이는 엄마가 아니지만 그래도 엄마니까.

달님, 달님

엄마가 암에 걸리고 나서 나는 매년 추석 보름달을 보며 소원을 빌었다.

달님, 달님. 엄마가 건강하게 해주세요. 제 곁에 오래 있게 해주세요.

달님, 달님. 엄마가 안 아프게 해주세요. 제 곁에 오래 있게 해주세요.

달님, 달님, 엄마의 암이 더는 퍼지지 않게 해주세요. 제 곁에 오래 있게 해주세요.

세월이 지나며 기원의 말은 변했지만, 엄마가 내 곁에 오래 머물기를 바라는 마음은 변치 않았다.

『나무가 된 아이』에 실은 단편동화 「뇌 엄마」에서 엄마가 뇌 한 조각으로라도 곁에 있기를 바라는 주인공 지아의 마음은 내 마음을 그대로 적은 것이다. 지아의 엄마는 사고로 원통형 유리관 속에 떠 있는, 뇌만 있는 엄마가 되었다. 내가 과학자라면 『프랑켄슈타인』의 빅터 프랑켄슈타인이나 『가여운 것들』의 갓윈 벡스터처럼 기괴한 방식으로라도 엄마를 되살리고 싶을 거라고 생각했다. 그것이 단지 내 이기심이라는 걸 알면서도.

엄마의 암이 전이된 뒤로, 고통으로 한 사람의 육체와 영혼이 스러져가는 걸 지켜보며 내 생각도 차츰 바뀌었다. 언젠가 엄마를 보내주어야 한다고. 그 다짐을 「뇌 엄마」의 결말에서 지아의 목소리를 빌려 말했다.

"그리고 나는 마침내 받아들일 수 있었어. 엄마를 떠나보내야 한다는 사실을. (…) 나도 알아. 결코 쉬운 일은 아니겠지. 쉽기는커녕 죽을만큼 어려운 일이겠지만 언젠가 엄마를 보내줄 거야. 엄마가 훨훨 날아갈 수 있도록. 하늘 높이 날아가 바람의 냄새를 맡고 구름의 감촉을 느낄 수 있도록."

2022년 추석, 나는 엄마의 건강과 장수를 빌지 않았다. 대신 달을 보며 이렇게 말했다.

달님, 달님. 엄마가 더 이상 고통받지 않게 해주세요. 엄마가 편히 쉬도록 해주세요.

달은 엄마가 건강하게 해달라는 모든 소원을 들어주지 않았지만, 엄마가 편히 쉬게 해달라는 소원만은 들어주었다.

이듬해 나는 엄마 없는 추석을 맞았다. 더는 달에게 소원을 빌지 않는다.

죽을 권리의 날

11월 2일, 한국존엄사협회에서 주최하는 죽을 권리의 날 행사에 갔다. 세계 죽을 권리의 날(World right to die day)은 세계인이 존엄하게 죽을 권리를 되새기고 옹호하는 날이다. 2008년 11월 2일 파리에서 열린 세계죽을권리연맹 총회에서 시작해 프랑스, 캐나다, 이탈리아, 멕시코, 뉴질랜드, 베네수엘라 등지에서 기념되는 날이다.

성균관대학교 글로벌센터에서 오후 2시에 시작하는 행사라 미리 기자와 협회 대표, 협회원 한 명을 만나 점심을 먹었다. 그들에게는 엄마가 조력사망한 이야기는 하지 말고, 디그니타스 회원의 딸인 것까지만 밝히자고 L 기자와 사전에 말을 맞췄다. 방송국에서는 다큐멘터리가 공개될 때까지 외부에 알려지지 않기를 바랐다. 그런데도 나는 그들을 만나 엄마가 8월 초 조력사망한 사실을 밝혔다. 물론 오프 더 레코드를 부탁했다. 그걸 말하지 않고서는 내가 왜 그 자리에 있는지 충분히 설명되지 않는다고 생각했다. 엄마의 죽음을 말하고 싶은 욕망도 있었다.

오후 2시, 행사장에 스무 명 남짓한 사람들이 모였다. 대부분 노년 유니언 소속이었고, 조력사망을 준비하는 사람들도 있었다.

행사에는 디그니타스의 공동 대표인 실반 룰리가 줌으로 참여했다. 그는 축사에서 한국인들이 더 이상 디그니타스를 방문하지 않아도 되기를, 인생과 인생의 끝에 선택의 자유가 있기를 바란다고 했다. 실반과 참석자들 사이에 질의응답이 오갔다. 심사를 통과하고 스위스에 갔는데 사망 요건을 충족하지 못해 한국에 돌아오는 경우가 있는지, 그린라이트를 받으면 자신이 원하는 날을 정할 수 있는지 등등 서류 준비 과정에서 엄마가 걱정하던 내용과 비슷했다.

다음 순서로 참가자들의 자유 발표가 있었다. 노년유니언 회원 한 분이 존엄한 죽음과 죽음에 대한 단상을 시처럼 적어와 낭독하는 걸 들으며 울었다. 그들의 이야기를 들으니 나도 마음에 끓어오르는 것이 있었다. 한국존엄사협회 대표가 추가로 발표하실 분이 있느냐고 했을 때 손을 들고 일어나 앞으로 나갔다.

"저는 디그니타스 회원의 딸입니다. 우리 어머니가 회원입니다. 조력사망이 생명 경시라는 반대론자들의 주장에 대해 한 말씀 드리고 싶습니다. 누구도 죽고 싶어 하지 않습니다. 그런데도 조력사망을 선택하는 이유는 고통을 끝낼 방법이 죽음밖에 없기 때문입니다. 조력사망을 막는 것이 오히려 생명 경시입니다. 존엄사법은 하루빨리 통과되어야 합니다."

울먹이느라 짧게 끝냈지만 하고 싶은 말은 다 했다.

4시 40분, 회의가 끝나고 뒷정리를 마친 뒤 종로3가역까지 지하철을 타러 걸어갔다. 길 양쪽에 늘어선 금은방을 보니 엄마가 더 그리웠다. 엄마는 결혼기념일마다 여기 와서 아빠에게 한 돈짜리 금반지를 선물 받았다.

집에 돌아오니 주문한 DVD 롬이 도착해 있었다. A 병원에서 받은 뼈 스캔 파일을 드디어 열어볼 수 있었다. 어디로 전이되었는지 의사가 아니라 잘 알 수는 없지만 검은점들이 뭉쳐 있는 부분이 전이된 부위라는 건 분간할 수 있었다.

방대한 검사 결과들을 차근차근 살펴봤다. 엄마의 갈비뼈와 척추, 대퇴골을 보니 마음이 안정되었다. 뼈 사진을 보면서 나는 살아 숨 쉬던 엄마를 느낄 수 있었다. 그때 엄마는 살아있었다. 장시간 움직일 수 없는 힘든 촬영을 하면서도 살기 위해 노력했다. 최선을 다해 검사에 임했다.

나는 엄마의 전신 엑스레이 사진을 오래도록 보았다.

엄마와 평행우주

2023년 12월, 신간이 나왔다. 『162번째 세계의 태임이』라는 청소년소설로 시간여행을 통해 평행우주를 오가는 주인공의 이야기다. 신간이 나올 때면 해야 하는 숙제가 있다. 작가의 말을 쓰는 것. 작가의 말은 어렵다. 왜 이렇게 어려운 걸까? 아마도 그것이 '글'이 아닌 '말'이기 때문일 것이다. 나는 말이 부족한 사람이다. 내 의견을 전하는 방법은, 예전부터 글이 훨씬 편했다.

엄마가 떠난 뒤 나온 첫 책이다. (『봄의 목소리』가 8월 18일에 나오긴 했지만 작가의 말은 훨씬 전에 마무리했다.) 작가의 말을 엄마에게 바치고 싶었다. 이 책은 여러 번 수정하느라 엄마가 많이 읽어주었던 글이기도 했다.

그래서 이렇게 썼다.

올여름 사랑하는 당신을 멀리 떠나보냈습니다.

한 번도 가본 적 없는 다른 세계로 이동한 당신을 이 세상에서는 다시 만날 수 없습니다. 하지만 수많은 평행우주에서 살아갈 당신을 생각하면 위안이 됩니다.

평행우주에서도 우리는 웃고, 울고, 사랑하겠지요. 종종 싸우기도 하지만 언제 그랬냐는 듯 얼굴을 마주 보고 미소 짓겠지요. 평행우주의 태임이가 결국은 태임이었던 것처럼, 아리가 아리였던 것처럼, 평행우주에서의 당신과 나도 가슴속에 품고 있는 본질은 같을 테니까요.

하지만 단 한 가지만은, 내가 사는 우주와 다르기를 간절히 빕니다. 부디 평행우주에서는 당신이 아프지 않기를.

쓰고 나서 독자들은 내 상황을 알지 못한다는 데 생각이 미쳤다. 발랄한 모험담을 읽고 나서 뜬금없는 작가의 말에 어리둥절할 것이다. 그건 독자에 대한 예의가 아닌 것 같았다. 결국 나는 작가의 말을 새로 썼다. 앞에 쓴 건 내 마음속에 간직하기로 하고.

국회 앞 시위

12월 7일에는 존엄사법 통과를 촉구하는 기자회견 및 집회에 참석했다. 추운 날씨에도 열 명이 넘는 사람들이 나왔다. 한국존엄사협회, 노년유니언, 존엄사 합법화 지지자들이 존엄사법 통과를 촉구하는 현수막과 피켓을 나눠 들었다. 국회 정문 옆 담벼락에 서서 한목소리로 "존엄하게 죽을 권리"를 외쳤다.

국회는 존엄하게 죽을 권리를 외면하지 말라!

죽음 같은 고통을 겪는 환자들을 외면하지 말라!

존엄사법 통과를 촉구한다!

점심을 먹고 들어오던 사람들이 우리를 쳐다봤다. 일부는 서서 구경하기도 했다. 국회에 다닐 때는 내가 구경하는 쪽이었다. 이런 시위는 대부분 남의 일이었다. 이제야 남과 나의 경계를 짓는 일이 얼마나 안이한 태도인지 실감했다. 존엄사협회 대표와 노년유니언 사무처장이 발표하고, 몇몇 사람들이 소견을 말했다. 나도 간략히 발언했다. 엄마의 죽음을 공표하고 싶었지만 이번에도 방송국 측에서 조금 더 기다려달라며 만류했다. 엄마 이야기를 하려던 이유는 죽음에 대해 비슷한 생각을 하는 사람들에게 공감과 위로를 받고 싶어서였는지도 모른다. 나는 어느 곳에서도 엄마의 죽음을 말하지 못하는 상황에 점점 지쳐가고 있었다.

"안녕하세요, 저는 디그니타스 회원의 딸입니다. 엄마는 말기암 환자입니다. 암세포가 뼈로 전이되어 극심한 통증에 시달리다 스위스행을 결심하게 되었습니다. 누구보다 긍정적이고 밝던 엄마는 통증에 무너져갔습니다. 이대로 고통만을 받다가 중환자실에서 혹은 요양병원에서 생을 마감하고 싶지 않다며 극단적인 생각도 했습니다. 잔혹한 고민이 깊어만 갔습니다. 그러다 스위스에는 외국인을 위한 조력사망 제도가 있다는 걸 알고 희망을 가졌습니다. 역설적이지만 죽을 수 있다는 사실이 엄마의 희망이 되었습니다. 죽고 싶어서가 아닙니다. 고문처럼 잔인하고 천재지변처럼 예고 없이 찾아오는 고통을 끝낼 방법이 죽음밖에 없기 때문입니다. 엄마와 같은 환자들이 목소리를 내지 못하고 고통의 나날을 보내고 있습니다. 한국인이, 그것도 몸 상태가 좋지 않은 환자가 왜 비행기를 타고 열 몇 시간을 날아 스위스에 가서 죽어야 합니까? 지금은 다른 방법이 없기 때문입니다. 한국에서는 조력사망을 허용하지 않기 때문입니다. 조력사망 법안의 통과는 한국인이 한국에서 죽을 수 있다는 걸 의미합니다. 먼 나라 스위스에서의 죽음을 생각할 정도로 극심한 통증에 몸부림치는 환자들이, 부디 언어의 장벽과 장거리 비행의 부담 없이, 한국에서 사랑하는 가족과 친지들이 지켜보는 가운데 눈감을 수 있기를 바랍니다."

말하던 중간에 울컥, 감정이 북받쳤지만 때마침 오토바이가 시끄럽게 지나가는 바람에 눈물을 흘리지 않고 잘 삼킬 수 있었다.

오후 4시부터는 국립어린이청소년도서관에서 열린 한낙원과학소설상 기념 행사 및 시상식에 참가했다. 시상식에 앞서 기 수상자들이 SF 창작에 대해 발제하고 토론하는 시간을 갖기로 한 것이다. 시위가 끝나자마자 9호선을 타고 신논현역으로 이동했다.

토론회는 즐겁게 참여할 수 있었다. 7월에 섭외 연락을 받았을 때만 해도 엄마가 가고 나서 공적인 자리에 설 일이 부담스러웠는데, 실제로 단상에 올라서는 청중을 웃기기도 했다.

　　엄마와 관련된 행사가 있을 때마다 다른 일정이 겹친다. 49재에는 고등학교 강연이, 백일에는 도서관 강연이 있었다. 두 번 다 아빠와 둘이 형식에 얽매이는 일 없이 엄마가 좋아하는 음식을 마련해놓고 절을 했지만 여유롭게 보내지 못하는 게 아쉬웠다.

　　어쩌면 슬픔에 몰입하지 못하도록 엄마가 나를 바쁘게 만드는 게 아닐까? 비합리적인 생각인 줄 알면서도 장난스러운 엄마 얼굴이 떠올라 나도 모르게 빙긋 웃게 된다.

존엄하게 죽을 권리

12월 28일, 난생처음 헌법재판소에 가봤다. 존엄사를 허용해달라는 헌법소원 심판 청구서를 제출하는 날, 청구서를 작성한 변호사들이 속한 사단법인 '착한법 만드는 사람들'과 존엄사협회와 동행한 것이다. 나 이외의 협회원들도 함께했다.

헌법소원 당사자는 이명식 씨와 그의 딸. 이 씨는 척수염 환자로 하반신이 마비되었다. 공업용 프레스기로 누르는 듯한 통증이 수시로 엄습한다. 그뿐만이 아니다. 배변도 스스로 할 수 없어 딸의 도움을 받는다. 이 씨는 존엄사를 하기 위해 디그니타스에 가입해 그린라이트를 받았으나 혼자 거동할 수 없으므로 스위스까지 가려면 반드시 보호자

가 필요하다. 그러나 딸이 함께 가면 자살방조죄로 처벌될
까 봐 헌법소원을 낸 것이다. 자살방조죄의 경우 벌금형이
없어 실형이 선고된다고 한다. 그렇다. 나는 대한민국 현행
법으로는 잠재적 범죄자다.

　변호사들이 접수 창구에서 두꺼운 청구서를 제출하고,
헌재 정문 앞에서 취재진과 간단한 기자회견을 했다. 모든
일을 마치고 근처 카페로 가 커피를 마셨다. 각자 자기소
개를 했는데, 나는 그들에게도 엄마의 죽음을 밝혔다. 소수
인원이고 나와 같은 목적을 가진 사람들이니 비공개를 부
탁하고 밝혀도 된다고 판단했다. 그러자 K 변호사가 "공개
심판이 열리면 증언을 해줄 수 있겠냐"고 물었다.

　"그럼요. 하겠습니다."

　증언을 하게 된다면, 우리나라가 아닌 스위스에서 존엄
사를 하기 위해 엄마의 시간이 단축되었다는 것을 반드시
말할 것이다. 존엄사법 통과를 위해 내가 도울 수 있는 일
이라면 무엇이든 하고 싶다. 솔직히 말하면 아직은 슬픔에
감싸인 채 조용히 지내고 싶은 마음도 있다. 그렇지만 엄마
의 마지막 뜻―본인처럼 아픈 이들이 스위스까지 가지 않
고 한국에서 조력사망할 수 있기를 바란다―을 이루는 데
나도 동참하고 싶다. 그건 이제 내 뜻이기도 하다.

이날 만남을 계기로 K 변호사가 주축이 된 존엄사 스터디 모임에 참여하게 되었다. 존엄사의 취지에 동의하는 변호사, 의사, 기자, 교수 등 각계의 전문가들이, 무조건적인 찬성이나 반대가 아닌 합리적이고 객관적인 시각으로 존엄사 제도에 대해 다양한 의견을 나누는 자리다.

월 1회 온, 오프라인 모임을 가진다. 캐나다 등 해외의 사례를 살펴보거나 현재 국회에 계류 중인 관련 법안을 검토하고, 의료인을 초빙해 적극적 존엄사에 반대하는 의견을 듣거나, 신부님을 모시고 종교계의 의견을 듣기도 했다. 그 밖에도 단톡방을 통해 수시로 관련 뉴스를 공유하고, 의견을 나눈다. 2025년 초에는 헌법소원 청구 1주년을 기념해 세미나를 연다.

엄마는 걷지 못하는 마지막 날들을 보내며 안 아픈 때로 돌아갈 수 있다면 아픈 사람들, 특히 휠체어에 탄 사람들을 돕고 싶다고 말했다. 요즘 나는 몸이 불편한 사람들을 무심코 지나칠 수가 없다. 그렇지만 함부로 돕겠다고 하는 것도 주제넘은 일이 될까 봐 주의 깊게 살피고 도움이 필요해 보이면 나선다. 그사이 다른 사람이 먼저 나설 때도 많다. 따뜻한 손길과 고맙다는 인사, 쑥스러운 듯한 미소가 주변을 밝힌다. 작은 마법은 누구나 행할 수 있다. 나는 성악설을 믿는 쪽에 가깝고, 어둡고 서늘한 소설을 주로 쓰지만 이제는 안다. 세상에는 선한 사람들이 더 많고, 그 선함으로 사회가 유지된다는 것을.

큰삼촌의 죽음

1월 10일 밤 11시 반, 아빠로부터 문자 메시지를 전달받았다. 큰삼촌이 돌아가셨다는 내용이었다. 큰삼촌은 엄마보다 열한 살 위인, 집안의 첫째다. 몇 년 전부터 연락이 끊겼다는 말만 얼핏 들었는데 돌아가셨다니. 사정을 들으니 더욱 딱했다. 요양원에서 무연고자로 사망해 주민센터에서 수소문하다 셋째 이모에게 뒤늦게 연락이 닿았다는 거였다.

큰삼촌이라고 하면 오페라의 유령처럼 얼굴 한쪽을 덮은 팥죽색 오타모반, 흰 양복에 검은 와이셔츠, 하얀 중절모, 백구두, 커다란 비취가 박힌 루프타이, 금색 용머리가 달린 지팡이 같은 것들이 떠오른다. 할아버지를 닮아 덩치도 키도 컸는데 어쩌다 만나면 우렁우렁한 목소리로 내 이름을 부르며 껄껄 웃었다. 한의사라기보다 경성 시대 건달 같은 차림의 삼촌은 어린 나에게 굉장히 강렬한 인상을 주었다. 좋다거나 싫다는 느낌 없이 그저 신기했다.

성인이 된 뒤 큰삼촌을 본 기억은 없다. 다만 큰숙모가 돌아가셨다는 말을 몇 해 전 들은 기억이 난다. 가족사는 가족들만의 문제이니 무슨 일이 있었는지는 알 수 없다. 요양원에서 아흔의 나이로 생을 마감했을 때, 큰삼촌의 곁에는 아무도 없었다. 쓸쓸한 죽음이었으나 본인은 쓸쓸하다는 감정조차 느끼지 못하는 상태였을 가능성이 높다.

한 남자의 삶, 90여 년의 생을, 단편적인 몇 조각의 기억으로 반추해본다. 껄껄 웃는 소리, 나를 번쩍 안아 올리던 큰 손, 가슴을 젖히고 지팡이를 휘두르며 가던 뒷모습이 떠오른다.

내가 아는 그는 사십 대 중반이었다. 그의 인생 한가운데, 어쩌면 그때가 절정이 아니었을까.

나는 책상 앞에 앉아 가만히 그의 이름을 되뇌어본다.

추모식

여름이 끝나갈 무렵, 나는 엄마의 생일에 추모식을 해야겠다고 다짐했다. 아빠는 고민해보자고 했다. 엄마가 아무것도 하지 말라고 당부했던 것이 마음에 걸리는 모양이었다. 이후에도 나는 생각날 때마다 드문드문 말했다.

엄마의 생일을 두 달 앞두고 아빠가 추모식을 하자고 했다. 나는 곧바로 외가 식구들에게 연락했다. 엄마가 출국하기 전 왔던 삼촌과 꼬마 이모만이 시원스럽게 오겠다고 했다. 오지 않았던 사람은, 이번에도 오지 않았다. 스위스에 동행했던 취재진에게도 연락했다. 고맙게도 모두 오겠다고 했다. L 기자가 추모식을 촬영하고 싶어 했다. 엄마의 다큐멘터리가 잘 만들어지도록 최대한 협조하고 싶었으므로 흔쾌히 승낙했다.

추모식 전날, 아빠 집에서 잤다. 엄마 침대에 누웠는데 다음 날 추모식에 엄마가 찾아오는 장면이 잠결에 그려졌다. 방문을 열고 나 돌아왔어, 하면서 안으로 들어오는 엄마. 이모와 삼촌, 조카들이 기뻐하며 박수를 친다. 엄마는 여름에 떠났으니까 얇은 옷을 입고 나타나면 내 옷을 벗어 줘야지. 나는 침대 머리맡의 라벤더 향을 맡으며, 엄마가 쓰던 베개를 꼭 끌어안았다.

추모식 당일, 벽에 붙일 현수막과 엄마의 프로필 사진으로 만든 액자, 엄마 이름에 들어간 복(福) 자를 쓴 케이크를 챙겨 식당으로 향했다. 꼬마 이모 가족과 삼촌 가족이 속속 도착했다. 테이블에 엄마 사진과 케이크, 촛대를 놓고, 벽에 현수막을 붙이고, 카메라를 세팅하느라 시간이 좀 걸렸다.
추모식을 시작하기 전 다 같이 묵념했다. 벌써부터 눈물을 참는 듯 훌쩍이는 소리가 들렸다. 먼저 아빠가 엄마에게 보내는 편지를 낭독했다.

당신이 행복의 나라로 간 지 반년이 다 되어가지만 나는 여전히 당신과 함께 지내고 있다. 아침에 일어나 창밖을 보면 당신과 다니던 산책길이 한눈에 들어온다. 그 길을 눈으로, 마음으로 걷는다. 점심에는 냉장고를 열고 당신이 만들어둔 오이지를 꺼내 먹는다. 저녁에 양치할 때면 세면대에 물 튀기지 말라고 잔소리하던 당신의 목소리를 듣는다. 남은 생도 당신과 살던 집에서 지내다가, 언제일지 모르지만 나도 당신이 있는 곳으로 가려 한다. 그때까지 그곳에서 잘 지내길.

아빠는 목이 메는지 중간중간 헛기침을 했고, 이모와 삼촌은 내내 흐느꼈다. 다음은 내 차례였다. 나는 얼른 눈물을 훔치고, 목을 가다듬고는 준비해온 추모사를 낭독했다.

안녕하세요. 이모, 삼촌, 숙모, 사촌들, 스위스에 함께한 기자님과 피디님들 오늘 우리 엄마 추모식에 와주셔서 감사합니다.

엄마의 뜻에 따라 유해를 스위스에 뿌려드리고 장례를 치르지 않아 오늘 엄마의 생일 즈음에 자리를 마련하게 되었습니다. 모두 아시다시피, 저와 아빠는 작년 8월 3일, 스위스 디그니타스에서 엄마를 떠나보냈어요. 처음에 예정일은 10월 말이었는데 몸 상태가 안 좋아서 점점 앞당겨졌어요. 결국 최종적으로 정했던 날짜인 8월 25일보다도 3주 이상 빨리 가시게 되었습니다. 8월 25일을 '디데이'라고 달력에 표시해놓고 8일에는 떠날 때 입을 옷을 사러 가자, 15일에는 가족들을 만나 모임을 하자, 계획을 세웠습니다. 그런데 7월 말에 갑자기 하반신 마비가 오고, 몸 상태가 급격히 나빠지면서 8월 1일 출국하게 된 거예요. 떠나기 전에 와줬던 삼촌, 숙모, 꼬마 이모, 모두 고맙습니다.

제가 너무 사랑했던 그리고 제 사랑과 비교할 수 없이 큰 사랑을 제게 주었던 엄마가 무척이나 보고 싶어요. 이모랑도 얘기한 것처럼 우주에 혼자 떠 있는 기분입니다. 제 삶에 빛이 사라진 것 같기도 하고요. 하지만 엄마가 고통을 끝내기 위해, 또 우리를 위해 용감한 선택을 했으니 일상을 지키라던 말, 하고 싶은 거 다 하고 행복하게 살라던 엄마의 말에 따라 저도 용기 내어 살아가려고 합니다.

엄마의 암이 전이되고부터 저는 엄마랑 한 통화를 다 녹음했는데요. 지금도 산책하면서 엄마랑 통화했던 내용들을 듣습니다. 어느 날의 짧은 통화 내용을 들려드릴게요.

엄마: 어, 지금 가는 중이야.

나: 엄마는 택시 타고 오나?

엄마: 어.

나: 아, 난 군자역에서 만나 같이 갈라 그랬지.

엄마: 응. 난 택시 타고 날아갈 거야. 어디야?

나: 건대 입구.

엄마: 알았다. 천천히 와라.

"천천히 와"라는 말 때문에 저는 이 통화를 좋아해요. 내 생을 잘 살아내고 마친 순간, 그때 엄마랑 다시 만날 수 있다는 생각이 들어서요.

엄마가 떠나기 전에 제게 한 말이 있어요.

미안하고, 고맙고, 사랑해. 엄마가 아파서 딸 마음 아프게 해서 미안하고, 네가 엄마의 스위스행을 도와주고 엄마를 위해 뛰어다녀서 고맙고, 사랑하는 거야 말해 무엇하냐, 사랑, 사랑 또 사랑한다 했습니다.

그때 바보처럼 돌려드리지 못한 말을 지금에야 드립니다.

엄마, 엄마를 속상하게 하는 말 해서 미안하고, 낳아주고 세상 누구도 부럽지 않게 사랑해줘서 고맙고, 나도 사랑하는 거야 말해 뭐해. 사랑, 사랑 또 사랑해요. 엄마.

엄마, 나 엄마한테 자랑할 일 많이 가지고 천천히 갈게. 행복의 나라에서 다시 만나자.

사랑하는 딸이

추모사를 읽고 미리 준비한 사진과 동영상을 보며 스위스에서의 여정을 이야기해주었다. 삼촌은 연신 눈물을 닦느라 테이블 위에 휴지가 수북이 쌓였다. 엄마의 유해를 뿌리는 영상을 보며 설명하다가 손을 크게 휘두르는 바람에 촛대가 케이크 위로 넘어져 복(福) 자가 찌그러졌다. 어쩔 줄 모르고 허둥대는데 꼬마 이모가 엄마처럼 "괜찮아, 우리 애기, 괜찮아."라고 말해주었다.

추모식이 끝났다. 나는 많은 위로를 받았다. 이모와 이모부, 삼촌과 숙모, 사촌 동생들이 엄마를 생각하며 같이 울어주는 시간이 너무나 소중했다. 비록 농도는 다를지라도, 각자의 자리에서 엄마를 그리워하는 사람들이 있다는 것은 얼마나 감사한 일인가.

국회 토론회

3월 8일은 여성의 날이다. 나는 sf×f에서 활동하게 된 계기로 청계광장에서 열리는 여성의 날 행사에 참여했다. sf×f는 작가와 연구자, 평론가가 모여 SF, 장르, 여성주의를 연구하는 단체다.

청계광장에는 하얀 천막으로 된 부스가 설치되어 있었다. 본 행사는 11시 시작이라 30분 미리 도착해 부스를 꾸몄다. 그런데 며칠 풀렸던 날씨가 갑자기 추워지고 바람도 세게 불었다. 우리 부스는 맨 앞이라 바람이 불 때마다 준비해 온 간이 테이블이 쓰러졌다. 한번은 강풍이 몰아쳐 천막째 날아갈 뻔했다. 나는 천막에 매달렸고, 다른 부스 사람들까지 달려와 우리 천막을 잡아주었다. 바람이 잦아들

애도

고 누군가 『오즈의 마법사』의 도로시가 되는 줄 알았다고 말해 함께 웃었다. sf×f 부스에서는 북클럽에서 읽고 토론한 책들을 전시하고, 공동 연구한 프로젝트를 뉴스레터 형식으로 만들어 나눠주었다. 추운 날씨에도 다양한 사람들이 찾아와 관심을 보였다.

여성의 날 행사는 저녁 6시까지 계속되고, 5시부터 행사의 하이라이트인 거리 행진을 하는데 나는 2시까지만 머물러야 했다. 녹색정의당에서 연 〈조력 존엄사 정책토론회〉 일정과 겹쳤기 때문이다. 토론회 패널을 맡아 빠질 수가 없었다.

아쉬운 마음을 뒤로하고 부랴부랴 국회로 갔다. 의원회관 면회실 앞에 가서야 신분증을 가져오지 않았다는 걸 알았다. 안내 직원이 모바일 신분증을 발급받으라고 했는데 앱을 깔고 시도해도 자꾸 에러가 났다. 다행히 국회 대관업무를 담당하는 언니의 도움으로 들어갈 수 있었다. 토론자가 신분증을 안 가져와? 이래야 남유하지, 하며 그가 웃었다. 나도 웃었다. 사람들을 만나야 비로소 웃는다. 20분 정도 시간이 남아 의원회관 카페에서 언니와 커피를 마셨다. 오전 내내 밖에서 떨다가 따뜻한 커피를 마시니 행복했다.

국회의원회관 제1간담회의실에서 열린 토론회에는 예상보다 많은 사람이 왔다. 토론회 자료집이 부족해 나중에 온 사람들은 프린트한 유인물을 받았다. 발표자는 총 7명, 찬성 측과 반대 측, 중립적인 입장, 모두 각자의 생각을 공유했다. 나를 응원하러 대학 동창 두 명— 한 친구는 변호사고 한 친구는 인권위원회에서 일한다—도 와주었다. 나는 말기암 환자 가족으로서 존엄사법의 필요성을 말했다. 이번에도 엄마가 조력사망한 사실은 밝히지 않기로 했다. 전이된 암으로 통증에 시달리던 엄마가 스위스에 가기로 결심한 계기, 그린라이트를 받기 위한 과정, 환자의 몸으로 스위스까지 가서 죽는다는 것이 얼마나 힘든 일인지 경험을 토대로— 그러나 아직 경험하지 않은 것처럼— 말했다. 전날 집에서 연습할 때는 담담했는데 사람들 앞에서 말하려니 자꾸 감정이 북받쳤다. 결국 사랑하는 이와 이른 이별을 해야 한다는 대목에서 울컥 목이 메었다. 나는 이미 이른 이별을 했다. 하지만 엄마 같은 고통을 겪는 이들은 그러지 않았으면 좋겠다.

한국인이 한국에서, 자기 집에서 사랑하는 가족과 친구들에게 둘러싸인 채 편안한 죽음을 맞이하는 일. 그것이 엄마의 뜻이었고 이제는 내가 이어나가야 할 일이다.

같은 슬픔을 공유하는 사람들

6월 중순, 캐나다에서 조력사망으로 동생을 떠나보낸 J 씨
와 만났다. L 기자, K 씨, 나. 넷이 모여 저녁 식사를 했다.
K 씨는 2016년 디그니타스에서 친구를 떠나보내고 나서,
친구와 비슷한 처지에 놓인 사람들을 도와주고 있다. 나에
게도 출국 전날, 스위스에 가기 전 미리 알아두면 좋은 정
보를 알려주었다.

캐나다는 2016년 조력사망을 합법화하고 '의료 조력사
망(MAiD, Medical Assistance in Dying)' 제도를 도입했다.
2022년 기준으로, 인구의 4.1%가 조력사망을 선택했다.

J 씨의 동생은 밴쿠버에 거주한 시민권자였다. 2023년
12월, 크리스마스를 함께 보내고 싶다는 동생의 연락을 받

고 밴쿠버로 향했다. 직장암 말기인 동생은 호스피스 병원에서 지내고 있었다. 이직한 지 얼마 되지 않은 J 씨는 아픈 동생 곁에서도 노트북을 펼치고 일해야 했다.

며칠 사이 상태가 급격히 나빠진 동생은 조심스레 조력사망을 하고 싶다는 얘기를 꺼냈다. 당황한 J 씨는 어머니의 조력사망을 결정한 옆 병실 보호자에게 어찌해야 할지 물었고, 그 보호자가 간호사에게 그들의 상황을 전달했다. 담당의가 찾아와 동생의 의사를 확인한 뒤 간략한 설명과 함께 조력사망에 필요한 서류를 건넸다.

이튿날 아침, 동생은 담당의에게 조력사망을 신청하겠다고 했다. 그리고 그날 저녁, 편안히 눈을 감았다. 마치 형이 머무르는 동안 세상을 떠나고자 한 것처럼. 삶과 죽음, 슬픔이 공존하는 병실. 그는 길지 않은 시간을 잠든 동생의 곁에서 보냈다. 이제 헤어질 준비가 되었다고 하자 이동 침대를 끌고 온 이송 차량 운전사가 온화한 얼굴로 물었다. 동생이 좋아하던 음악이 있나요? 동생과는 성향도 다르고, 오랜 기간 캐나다와 한국에서 떨어져 살았다. 음악 취향을 알 길이 없었다. J 씨가 망설이자 운전사가 말했다. 걱정하지 마세요. 가는 동안 제가 좋은 음악을 들려드릴게요.

우리에게는 낯선 조력사망이, 캐나다에서는 너무나 일상

적으로 평범하게 이뤄지고 있었다. 그는 동생의 죽음을 지켜보며 자신도 여유가 있다면 말년에 캐나다에서 살다가, 삶의 끝에 조력사망을 하면 좋겠다고 생각했다.

돌아오는 비행기 안에서 J 씨는 동생의 마지막 순간이 그렇게 빨리 다가올 줄 몰랐다며, 일에 몰두했던 자신을 원망했다. 그러나 그때로 돌아간다 해도 일을 할 수밖에 없다는 것도 알았다.

7월 초, 비가 부슬부슬 내리는 토요일 오후. K 씨의 주선으로 H 씨와 G 씨를 만났다. 두 사람 모두 스위스 바젤에 있는 조력사망 기관인 '페가소스'에서 가족을 떠나보냈다.

귀한 만남이었다. 나는 엄마를 떠나보낸 뒤 줄곧 비슷한 경험을 한 사람을 만나고 싶었다. 죽음이라는 다소 무거운 공통분모로 모였으니 분위기가 딱딱하지는 않을까, 각자 걱정하며 약속 장소에 나왔지만 기우였다. 모두 밝은 얼굴로 인사하고 맛있는 음식을 먹으며 아무렇지도 않게 죽음의 경험을 이야기했다.

G 씨는 반년 전, 폐암 말기인 동생과 스위스에 동행했다. 부모님과 함께 살던 동생이 페가소스에 갈 준비를 완전히 끝마친 뒤 G 씨에게 함께 가자고 한 것이다. 동생이 암이었

던 사실조차 몰랐던 G 씨는 당황스럽고 안타까운 심정으로 마지막을 지켜주기로 했다.

스위스까지 가는 과정은 순탄치 않았다. 12월 중순, 비행기에 타려던 동생은 공항에서 "형, 돌아가자."라고 했다. G 씨는 내심 기쁜 마음으로 집에 돌아왔다. 그러나 말기암 환자들이 그렇듯 동생도 상태가 급격히 악화되었다. 결국 일주일 후, 다시 공항에 가야 했다. 비행기에 타는 것도 고역이었다. 암은 이미 뼈로 전이되어 휠체어를 타야 했고, 가슴에 연결한 기구를 숨기고 갔지만 병색이 완연해 탑승을 말리는 승무원과 실랑이하기도 했다. 게다가 12월에는 바젤까지 가는 직항이 없어 경유지를 거쳐 가느라 더욱 힘들었다. 비행기 안에서 무슨 일이 나는 게 아닌가 전전긍긍해야 했다.

살갑게 왕래하던 형제는 아니지만 바젤에 가서 많은 대화를 나눴다. 이야기하는 쪽은 주로 동생이었다. 호텔에서 하룻밤을 묵고 다음 날 페가소스에 갔다. 그곳에서는 펜토바르비탈을 주사하는 방식으로 조력사망이 진행되었다. 자기 손으로 밸브를 돌린 동생은 10초도 되지 않아 깊은 잠이 들었다.

동생을 화장하고 귀국하는 비행기 안, G 씨는 유골을 배

낭에 넣어 내내 품에 안고 있었다. 아무에게도 알리지 않고 가족의 선산에 묻었다.

G 씨의 이야기 곳곳에서 엄마와의 순간들이, 우리의 힘들었던 시간이 겹쳐 보였다. 급속도로 나빠진 몸 상태, 비행기에 탈 수 없을까 봐 조마조마했던 마음, 많은 말들이 오가던 마지막 밤, 그리고 슬프지만 행복했던 이별의 순간. 엄마가 죽음을 맞이한 순간 기쁨을 느끼다니, 난 내가 미친 줄 알았다. 그런데 그들도 가족이 편안하게 눈을 감은 모습을 보며 나처럼 안도감과 고양감을 느꼈다고 했다. 사랑하는 사람이 더 이상 아프지 않아도 된다. 가족의 고통을 지켜본 이들의 공통적인 감정이었다.

나는 엄마가 직접 약을 마셔야 했던 것이 늘 마음에 걸렸다. G 씨에게 주사 밸브를 돌리는 방식은 좀 더 편했을 것 같다고 약간의 부러움을 담아 말했다. 그는 주사든 약이든 두려움은 비슷할 것 같다고, 동생이 밸브를 돌리기 전 "무섭다"는 말을 했다고, 그런데 G 씨는 무슨 말을 해야 할지 몰랐다고 했다. 그 순간 무슨 말을 할 수 있었을까. 나역시 엄마에게 쫓기듯 사랑한다는 말밖에 하지 못했는데.

H 씨는 G 씨나 나와는 약간 다른 경험을 들려주었다. 그

의 아버지는 20년 전 어머니와 이혼하고 호주에 살고 있었다. H 씨는 2007년 호주에 다녀온 뒤로 아버지와 만난 적이 없었다. 먼 거리에서 각자의 삶을 살다 보니 자연스레 연락이 끊어진 것이다. 그런데 2021년 8월 초, 아버지에게서 메일을 받았다. 잘 자라주어 고맙다고, 한시도 잊은 적이 없다고. 반갑고 감사했다. 이제라도 아버지와 연락하게 되어 다행이라고 생각한 것도 잠시, 아버지의 결심을 듣게 되었다. 아버지는 폐암으로 고통스러운 나날을 보내고 있었고, 8월 말 스위스에 간다고 했다.

떠나기로 한 날짜가 가까워질 무렵 아버지가 어머니와 통화하고 싶다고, 조심스럽게 말했다. H 씨가 어머니에게 저간의 사정을 전했다. 어머니는 아버지와 통화하며 많이 울었다. 두 사람은 서로를 용서하고 화해했다. 세월의 간극도, 한국과 호주라는 물리적 거리도 사라진 순간이었다. 아버지가 본인의 죽음을 미리 준비할 수 있었기에 가능했던 일이다. 통화를 마친 어머니가 H 씨에게 말했다. 스위스에 가라. 너는 하나뿐인 자식이니 아버지가 꼭 만나고 가야 한다.

H 씨는 급히 스위스에 가기로 했다. 만료된 여권을 갱신하느라 다른 일행보다 하루 늦게 떠나는 항공편을 예약했다. 그리고 스위스 바젤에서의 재회. 힘든 투병 생활을 증

명하듯 아버지는 야위고 지친 모습이었다. 아버지와 아들은 지난 14년간 하지 못한 이야기를 열네 시간 동안 차곡차곡 나누었다. 아버지에 대한 오해도 풀었다. 마음의 무게가 가벼워졌다.

인생의 3분의 1을 호주에서 산 아버지는 수목장을 원했다. 그리운 고국으로 돌아와 한 그루 나무 아래 묻혔다.

나는 G 씨와 H 씨, 두 사람과 이야기하는 시간이 진심으로 즐거웠다. 우리는 사후 세계가 존재하는가에 대해서도 이야기를 나눴다. 자기 결정권에 관해서도 진지하게 논의했다. 우리의 가족은 고통을 끝내기 위해 죽음을 선택했다. 흔들리지 않는 의지로 본인의 마지막을 결정한 것이다. 누구도 아닌 나의 죽음, 나다운 죽음이다. 제삼자의 개입은 있을 수 없다.

이런저런 이야기를 하다 보니 어느새 막차 시간이 다가왔다. 우리는 다음을 기약하며 만남을 마무리했다. 소설 읽기가 취미라는 H 씨는 우리의 만남이 단편소설 같다고 말했다. 나는 또 작은 기적이 일어났다고 생각했다. 엄마로인해 나는 작은 기적 같은 만남을 이어가고 있다. 엄마, 고마워.

존엄한 죽음이란

이 책에는 안락사, 존엄사, 조력사망, 조력자살이라는 용어가 혼재되어 나온다. 실제로 우리 사회에서 여러 용어를 쓰고 있으므로 굳이 하나의 용어로 통일하는 것은 부자연스럽게 느껴졌다. 각 용어의 의미는 다음과 같다.

안락사(euthanasia)는 그리스어에서 유래했다. '좋은'이란 'eu', 죽음을 뜻하는 'thanatos'가 결합된 용어로 좋은 죽음이라는 의미다. 안락사는 치료할 수 없는 질병으로 극심한 고통을 겪는 환자에게 편안한 죽음을 맞게 해주는 행위이다. 치사량의 약물 처방이나 투여에 의한 죽음은 적극적 안락사, 연명치료 장치의 제거나 치료 거부로 인한 죽음은 소극적 안락사로 구분한다.

조력사망과 조력자살은 적극적 안락사에 포함된다. 여기에서 조력이란 의료진이 돕는 죽음, 의료조력사를 말한다. 의료진이 약물을 처방한 뒤 임종의 과정에 개입하면 조력사망, 환자가 직접 약물을 마시거나 주사 밸브를 돌리면 조력자살이다. 앞서 언급했듯 엄마의 죽음은 엄밀히 말해 조력자살이지만 자살이라는 단어가 주는 거부감과 의미의 왜곡을 배제하고자 조력사망이라는 용어를 썼다.

존엄사는 사망이 임박한 환자의 자기 결정권을 존중해 존엄하게 삶을 마감할 권리를 인정하는 것이다. 인간의 존엄에 중점을 둔 용어로, 안락사와 거의 동일한 개념이다. 그러나 안락사는 역사적으로 부정적인 경험—나치의 안락사—을 떠올리게 할 수 있으므로 나라마다 사회적으로 합의된 용어를 쓰는 추세이다. 미국에서는 회복 가능성이 없는 말기 환자가 의사의 조력을 받아 삶을 마감하는 행위에 관해 규정한 법을 존엄사법(the Death with Dignity Act)이라고 지칭한다. 캐나다에서는 의료조력사망(MAiD, Medical Assitance in Dying)이라고 부른다. 한국에서는 연명치료 중단에 한해 존엄사라는 용어를 써왔으나 최근 보다 포괄적인 의미로 쓰이고 있다. 현재 국회에 계류 중인 법률안에서는 조력존엄사라는 용어로 의료조력사를 지칭한다.

　지난 9월에 본 〈고트(GOTT)〉라는 연극에서는 '존엄사' 대신 '선택사'라는 표현을 썼다. 선택사라는 단어가 신선한 동시에 합리적으로 느껴져 기사를 찾아보니 연출가의 인터뷰가 있었다. 그는 "존엄사라는 용어에 대한 고민이 있었다. 자신이 선택해 죽음에 이르는 행위를 존엄사라고 한다면 자연사는 존엄한 죽음이 아닌가, 하는 의문이 들었다. 번역가와 적절한 표현을 고심한 결과 스스로 선택했다는 개념만 들어가는 선택사를 채택했다."라고 말했다. 나 역시 연출가의 생각에 동의한다.

　모든 죽음은 존엄한 죽음이다. 특정 방식의 죽음만 존엄사라고 부르는 것은 분명 오해의 소지가 있다. 개인적으로는 의료조력사와 같은 가치중립적인 용어를 사용하는 편이 바람직하다고 본다. 그러나 국내에서는 아직 존엄사라는 용어도 익숙지 않은 것이 현실이다. 무엇이 더 나은 표현인지에 대한 고민은 제도가 확립된 후에 해도 늦지 않을 것이다.

다시 스위스로

2024년 8월 1일. 엄마의 1주기를 맞아 아빠와 스위스로 향했다. KE917. 정확히 1년 전, 엄마와 아빠, 나, 셋이 함께 탔던 항공편이었다. 올해는 둘이 가게 되었지만 나는 엄마의 여권까지 챙겼다. 비행기에 오르면서 환영을 본다. 승무원들에게 안녕하세요, 하며 환하게 웃던 엄마. 비즈니스석을 지나 일반석에 앉는다. 아빠는 창밖을 내다본다. 구름, 이라고 말한다. 엄마의 환영은 줄곧 나타난다. 화장실에 갈 때면 휠체어 위에서 몸을 작게 만들어야 했던 엄마, 화장실 턱에 바퀴가 걸린 충격으로 허리에 통증을 느끼던 엄마, 나랑 같이 〈타이타닉〉을 보던 엄마. 기내 조명이 꺼져도 잠은 오지 않았다.

열세 시간의 비행 끝에 취리히공항에 도착했을 때는 아빠와 나, 둘 다 완전히 지쳐 있었다. 여름 휴가철이라 공항은 각국에서 온 사람들로 붐볐다. 긴 기다림 끝에 입국 심사를 마치고 나가니 카린이 맞아주었다. 짧은 포옹을 나누고 카린의 손을 오래 잡았다. 엄마의 유골을 뿌리고 1년이 지났지만, 그동안 손을 수백 번은 씻었겠지만, 그의 손끝에서 엄마의 흔적을 조금이라도 느끼고 싶었다.

엄마와 마지막 밤을 보낸 호텔로 갔다. 앱에서 사진을 확인하고 그날 묵었던 방으로 예약했는데 키를 받고 올라가보니 그 옆의 작은 방이었다. 어찌된 일인지 프런트로 내려가 물었더니 처음 보는 직원이 말했다. 그 방은 세 명 이상만 쓸 수 있어요. 혹시 더 큰 방을 원한다면 지하에 새로 리모델링한 방은 가능해요. 나는 사양했다. 그나마 바로 옆방이라 엄마와 본 호수의 경치만큼은 그대로 볼 수 있었으니까.

엄마와 마지막 저녁을 먹은 식당에서 카린과 저녁을 먹었다. 그러고 보니 엄마를 업어주었던 레게머리 지배인도, 키 큰 웨이터도 없었다. 혹시 우리를 기억한다면 감사 인사라도 한 번 더 하고 싶었는데. 1년 사이 사람이 바뀌고 호텔이 바뀌었다. 모든 것은 바뀐다. 알면서도 바뀌지 않았으면 하는 것들이 있다.

둘째 날, 새벽 4시 반에 눈을 떴다. 눈을 뜬 채 침대에 누워 있었다. 오늘이 내일이면 좋겠다. 엄마의 목소리가 들리는 것 같았다.

오전 10시, 호텔로 온 카린에게 엄마의 유골을 뿌린 언덕으로 데려다달라고 했다. 스타파에 있는 엄마의 언덕까지는 차로 15분 거리였다. 그곳에 도착한 순간 크게 안도했다. 잔잔한 꽃이 핀 잔디 언덕 아래로 호수가 보이는 아름다운 곳이었다. 뒤에는 든든한 숲이 있었다. 사진으로 수없이 봤지만 사진은 실물보다 근사하게 나오는 경우가 있으니 혹시 자그마한 동산이라도 실망하지 말자고 마음먹고 왔는데 전혀 그럴 필요가 없었다. 이토록 멋진 경치라니. 스위스에 남기로 한 엄마의 결정은 틀리지 않았다. 내일 다시 만나, 엄마.

다음 행선지는 라인폭포였다. 우리가 너무 침울해하지 않도록 카린이 여행 계획을 세워둔 것이다. 유럽에서 가장 큰 폭포인 라인폭포는 관광객으로 붐볐다. 즐거워하는 얼굴들 가운데 무뚝뚝한 표정의 아빠. 아빠는 사진을 찍으며 웃으라고 외쳐야만 마지못해 어색한 미소를 지었다. 그럴 때면 오랫동안 웃지 않아 굳어버린 입가가 경련했다.

폭포를 둘러보고 그곳에서 멀지 않은 노르트하임 화장장에 갔다. 이번 여행의 목적은 엄마의 언덕을 보는 것, 1주기 제사를 지내는 것, 그리고 엄마의 발자취를 따라가는 것이다. 화장장은 고인의 유족이나 관계자만 출입할 수 있지만 카린이 아는 직원에게 부탁해 안으로 들어갔다. 나는 엄마가 있던 방이 9번이었다는 걸 이번에 알았다.

직원이 혹시 화로가 있는 방도 보고 싶냐고 물었다. 나는 그렇다고 답했다. 엄마의 마지막을 뒤늦게나마 확인하고 싶었다. 건물 뒤편으로 가니 아기 코끼리만 한 화로가 늘어선 방이 나왔다. 시신이 재가 될 때까지 세 시간이 걸리며 하루에 최대 마흔두 명까지 화장한다고 직원이 설명해주었다. 42 곱하기 365일은 15,330. 엄마가 이곳에서 재가 된 뒤에 적어도 만오천 명이 넘는 사람이 거쳐 갔겠지만 내게는 그저 엄마의 화로로 보일 뿐이다. 어쩐지 첫 번째 화로에 있었을 것만 같다. 엄마, 그때 함께 있어주지 못해서 미안해.

밤에 천둥번개가 치고 비가 쏟아진다. 바람이 분다. 그날도 그랬지, 엄마. 낮에는 맑다가 늦은 저녁부터 폭풍우가 몰아쳤잖아.

또 잠이 오지 않는다. 우리, 지금 여기서 뭐 하는 거지?

엄마도 없는데? 불쌍한 우리 엄마. 여행을, 스위스를 좋아하던 엄마는 반 영혼이 되어서야 여기 왔는데. 그 좋아하는 풍경도 눈에 담지 못하고, 다만 조금이라도 일찍 끝내고 싶어 하던 그 마음은, 얼마나 아팠으면.

셋째 날, 엄마의 기일. 일어나보니 테이블 위에 보리수 열매가 놓여 있었다. 내가 잠든 사이 아빠가 따온 것이다. 열매가 네 개 붙은 걸 아무리 찾아봐도 없더라. 아빠의 목소리에 아쉬움이 묻어났다.

오전 내내 시계를 보며 1년 전으로 돌아갔다. 지금은 엄마가 그림을 그려준 시간이구나. 지금은 엄마가 딸기요거트를 먹은 시간이구나. 지금은 닥터 M이 와서 면담한 시간이구나.

11시쯤 카린과 엄마의 언덕에 갔다. 좁은 길에 피크닉 매트를 펴고 제사를 지냈다. 엄마의 사진, 향, 양초, 차례주, 황태포, 육포, 자두, 그리고 전날 과일가게에서 산 체리와 블루베리. 엄마가 좋아하던 과일들을 얌전히 늘어놓고 절을 했다. 아빠가 언덕에 술을 뿌리고, 우리가 1년 동안 모은 손톱도 묻었다. 언젠가 아빠가 오는 날까지 엄마 혼자 외롭지 않도록.

아빠는 엄마를 뿌린 자리를 잊지 않으려 갈림길의 큰 나무에서부터 몇 번이나 걸음 수를 세었다. (엄마를 뿌린 자리는) 저 나무에서 50걸음부터 70걸음까지야. 너도 한번 갔다 와봐. 아빠의 말에 나도 소리 내어 걸음 수를 세며 엄마의 언덕을 오갔다.

제사를 지낸 뒤에는 블루하우스로 갔다. 엄마가 떠난 방을 다시 보고 싶었다. 마침 토요일이라 블루하우스에 사람이 없었다. 우리는 뒷문으로 그 방에 들어갔다. 같은 그림, 같은 침대, 같은 의자가 같은 자리에서 우리를 맞아주었다. 어서 와.

블라인드를 걷고 창문을 열었다. 엄마가 구름을 보던 그 창문이었다. 카린이 통화하느라 잠시 자리를 비운 사이, 엄마가 누웠던 침대에 살짝 걸터앉았다. 해바라기가 그려진 베개를 쓰다듬었다.

넷째 날, 작년에는 이날 한국으로 돌아갔지만 올해는 이틀 더 머무를 예정이었다. 내년에 아빠가 올 수 있을지 몰라 겸사겸사 준비한 작은 여행이었다. 점심은 카린의 고향인 탈빌로 이동해 언덕 위의 전망 좋은 레스토랑에서 먹었다. 저기 건너편이 스타파예요. 카린의 말에 아빠는 엄마의 언덕이 어딘지 물었다. 저 오른쪽 끝자락인데 아쉽게도 여기선 보이지 않네요. 보이지 않는다는 말에도 아빠는 고개를 자꾸 오른쪽으로 돌렸다.

　오후에는 리마트강에서 유람선을 탔다. 선착장 근처의 백조 떼, 요트를 타는 사람들, 강에서 바라보는 그로스뮌스터 대성당, 성 피터 교회, 오페라하우스…. 엄마가 그리웠다. 이 순간을, 다른 누구보다 엄마와 함께하고 싶었다. 괜찮아, 아가. 엄마의 영혼이 여기 있어. 푸르른 물빛, 내리쬐는 햇살, 불어오는 바람 속에.

　저녁에 숙소로 돌아와 엄마의 언덕을 구글맵에서 검색했다. 어찌된 일인지 좌표를 입력해도 검색이 되지 않았다. 작년에는 검색 결과가 나와서 위성사진을 살펴보기도 했는데. 전날 갔을 때 표시한 지도와 좌표를 대조하며 찾아봤다. '리시토벨 스타파'라는 곳이 나왔다. 숲으로 이어지는 오솔길과 언덕의 사진을 보고 그곳이라 확신했다. 숙소에서 걸어서 30분, 마을버스로 아홉 정거장 거리였다. 고단한지 일찍 잠든 아빠를 두고 혼자 찾아가려다 날이 어두워지면 길을 잃고 헤맬까 봐 가지 못했다.

　다섯째 날에는 루체른의 리기산에 갔다. 쾌청한 날씨는

아니었다. 산 중턱까지는 차로, 정상까지는 기차로 올라갔다.

기차에서 내려 날씨가 맑아지길 바라며 산을 올랐다. 우리의 바람과 달리 연막을 피운 듯 온통 하얀 세상이 펼쳐졌다. 완만한 길로 정상에 도착했을 때 서서히 구름이 걷혔다. 드디어 알프스를, 모든 산의 윤곽을 또렷이 볼 수 있을까? 시간이 지나도 능선을 따라 구름이 띠를 두른 채 떠나지 않았다. 마치 구름들이 산머리를 가려주려 손에 손을 맞잡고 늘어선 것 같았다. 사람들이 장관이라고 말하는 경치는 볼 수 없었지만 나는 좀 재미있다고 생각했다. 엄마도 틀림없이 이 독특한 풍경을 좋아했을 것이다.

카린이 돌아가고, 숙소에서 쉬던 우리는 저녁을 먹으러 나왔다. 식당을 찾아 천천히 걷다가, 스타파 역 앞을 지나며 내가 말했다.

"이따가 나, 엄마 언덕에 다녀올게요. 버스 타고 찾아갈 수 있어."

"같이 가자. 더 늦으면 어두워지니 서두르자."

우리는 밥도 잊은 채 급히 버스 노선을 확인했다. 스타파역에서 950번을 타고 종점까지. 얼른 숙소로 돌아와 제사에 쓰고 남은 체리, 자두, 블루베리, 술을 챙겼다. 이거 전부 엄마한테 주자. 아빠가 말했다.

버스를 타고 줄곧 긴장한 상태로 리시토벨을 찾아갔다. 엄마의 언덕이 아니었다. 사진으로는 비슷했지만 다른 곳이었다. 이 근처는 맞을 텐데. 지도 앱을 열어 검색해 봐도 마음만 급했지, 쉽게 찾을 수가 없었다. 고개를 들어보니 아빠가 사라졌다. 저 멀리, 포도밭 옆길을 따라 전진하고 있었다. 서둘러 따라갔다. 포도밭이 끝없이 이어지는 길이었다. 도로와 통하는 진입로도 없었다.

아빠, 거기는 길이 없어요. 기억 안 나요? 엊그제 카린하고 올 때 도로에서 꺾어서 주차장으로 들어왔잖아요. 거의 뛰다시피 아빠를 따라가며 소리쳤다. 평소에는 느리디느린 아빠의 발걸음이 유난히 빨랐다. 아빠, 길이 없다니까요?

저기까지 가보자. 아빠는 뒤도 돌아보지 않고 말했다. 거긴 아니라고, 길이 없으니 그만 가자고 몇 번이나 말해도 고집스레 나아갔다. 가보는 건 좋은데 이 먼 길을 어떻게 돌아와야 할지가 더 막막했다. 그렇게 1킬로미터쯤 걸었을 때였다. 포도밭이 끝나고 기적처럼 엄마의 언덕이 나타났다.

"찾았다!"

아빠가 외쳤다. 주차장, 언덕 입구의 돌 수조, 수조 벽의 낙서, 갈림길의 커다란 나무. 엄마의 언덕이 틀림없었다.

이럴 수가, 엄마가 우리를 이끌어준 거야.

여보, 마누라, 순이, 조순복. 여러 이름으로 엄마를 부르며 아빠는 울었다. 나도 엉엉 큰 소리로 울었다. 우리는 술과 과일을 꺼내 엄마의 언덕에 흩뿌렸다.

"여보, 나도 나중에 생을 마치면 딸이 여기로 데려올 거야. 그때는 생전에 그랬던 것처럼 나랑 같이 손 붙잡고 다니자."

아빠가 엄마에게 말했다. 엄마가 금방이라도 "그래, 여보. 좋아." 대답해줄 것 같았다. 아빠는 두런두런 쌓였던 얘기를 풀어놓았다. 우리는 날이 어두워질 때까지 언덕을 떠나지 못했다.

"우리 손으로 엄마를 보내지 못한 게 못내 마음에 걸렸는데, 이제야 속이 편안하다."

돌아오는 버스 안, 아빠가 말했다. 여행 내내 굳었던 얼굴이 조금은 풀려 있었다.

귀국하는 날, 떠나기 전 한 번 더 엄마에게 작별 인사를 하러 갔다. 어제 아빠의 이야기를 듣느라, 울기만 하느라 못다 한 말을 전하고 오솔길을 따라 나도 모르게 발자국 수를 세며 나왔다. 아빠가 기준점으로 삼은 나무를 뒤편에서 물끄러미 바라보고 있었다. 앞에서 볼 땐 몰랐는데 밑동이 연결된 두 그루의 나무였다.

"가지가 연결되면 연리지인데, 이건 뿌리부터 하나로 이어졌으니 연리근이구나."

"응. 엄마 아빠 나무야."

"그래. 앞에서 막아주는 게 아빠 나무고, 뒤에 있는 게 엄마 나무다."

아빠는 손으로 엄마 나무를 쓰다듬었다.

카린이 공항에 바래다주기 어렵다며 미안해했다. 담당 환자가 프랑스에서 앰뷸런스로 이송되는 날이었기 때문이다. 기차표 끊는 걸 도와준 카린과 스타파역에서 작별 인사를 나눴다. 취리히공항은 인천공항처럼 멀지 않아 찾아가기 쉬웠다. 출발 시각보다 세 시간 일찍 공항에 도착, 카페에서 시간을 보냈다. 읽을 시간이 별로 없을 걸 알면서도 욕심껏 챙겨 간 책을 그제야 펼쳐 봤다.

비행기가 이륙하고 작은 창으로 취리히를 내려다보며 중얼거렸다.

엄마, 또 안녕.

쓰는 내내 마음이 술렁거렸다. 많이 울었다.

　엄마가 내 안에서 몇 번이나 다시 죽는 것만 같았다.

　그럴 때마다 행복한 기억을 떠올렸다.

　그중에서도 가장 반짝이는 기억을 꺼내놓으며 이 글을 마무리하려 한다.

　2020년 8월 28일.

　엄마 아빠가 우리 집에 왔다. 늦은 오후의 햇살이 창으로 길게 들어오던 날이다.

　이건 왜 이래?

　엄마가 침실에 있는 화장대를 보며 물었다. 세 번째 서랍이 완전히 닫히지 않고 한 뼘 정도 튀어나와 있었다.

아, 그거 파우치가 뒤로 넘어가서 빼내야 해.

내 대답에 엄마는 언제부터 그랬는지 안 봐도 알겠다는 표정으로 나를 바라보았고, 아빠는 자기가 하겠다며 세탁소 옷걸이를 찾았다.

화장대 서랍 뒤로 넘어간 물건이 걸리도록 옷걸이를 거꾸로 쥐고 엎드려 엉덩이를 씰룩거리던 아빠, 그걸 보며 경쾌하게 웃던 엄마, 같이 웃던 나. 어렵사리 물건을 꺼내고 우쭐한 얼굴을 하던 아빠, 그 표정에 또 웃음이 터진 엄마. 엄마의 볼에 내 볼을 갖다 대던 나.

그때 나는 이 장면이 내 인생의 가장 아름다운 순간일 거라 예감하며 기쁨 한편으로 슬픔을 느꼈다. 우리에게 이런 날들이 많이 남아 있기를 간절히 기도했다.

그날로부터 한 달이 채 지나기 전, 엄마는 뼈 전이 판정을 받았다.

암세포가 온몸으로 퍼져나가는 고통 속에서도 삶을 사랑한 엄마. 그리고 나를 사랑해준 엄마.

고마워요. 사랑해요.

작가의 말

사랑하는 사람을 상실하고 나면 그 사람의 마지막에 의미
를 부여하고 싶어진다고 한다. 데이비드 케슬러는 『의미
수업 - 슬픔을 이기는 여섯 번째 단계』라는 책에서 "고인의
죽음에서 의미를 발견해야 사별의 아픔을 진정으로 극복
할 수 있고, 남은 자신의 삶도 치유될 수 있다."고 말했다.
나 역시 엄마의 죽음에서 의미를 발견하고 싶었다. 간절히.
　나로서는 엄마의 마지막 뜻을 전하는 것이 의미를 찾는
길이었다. 존엄사협회 회원으로, 토론회 발제자로, 존엄사
를 취재하는 기자와의 만남으로, 무엇보다 이 책을 통해 엄
마의 뜻을 전하고 싶었다.
　사람들을 만날 때마다 존엄사에 관해 어떻게 생각하는

지 물었다. 내 사연을 듣고 힘을 보태주겠다는 친구들도 있고, 섣불리 의견을 말하지 못하는 친구도 있었다. 엄마의 선택을 모르는 지인에게 질문하면 반대 의사를 표명하는 일도 적지 않았다. 호스피스 확충이 먼저라는 의견도 반드시 따라왔다. 나는 그것이 선후 관계가 아니라 동시에 진행되어야 하는 일이라고 생각한다.

죽음의 형태가 바뀌었다. 의료 기술의 발달로 예전 같으면 죽을 수도 있던 사람들이 살아나게 되었다. 그건 정말 고마운 일이다. 나 역시 어렸을 때 사고로 수혈을 받고 살아났고, 엄마도—비록 부작용에 시달렸지만—항암 치료를 받지 않았다면 훨씬 일찍 우리 곁을 떠났을 것이다. 살릴 수 있는 사람은 살려야 한다. 그러나 현대 의학으로 고칠 수 없는 질병을 앓는 환자가 단지 고통만을 연장하는 삶을 원하지 않는다면? 그것은 존중해야 할 권리가 아닐까?

엄마는 고통의 기간을 단축하는 대가로 한국이 아닌 스위스에서 죽음을 맞이해야 했다. 7월 말, 출국하기 전 엄마의 모습을 남겨두고 싶어 동영상을 찍었다. 엄마는 카메라를 향해 손을 흔들었다. "안녕, 세상아, 안녕" 하고 웃으며 말했다. 미리 인사하고 떠나는 게 얼마나 좋으냐며 울지 말라고, 괜찮다고. 스위스로 가기 위해 우리는 이별의 시간을 앞당겨야 했다. 스위스에 가서는 모든 것이 낯설고 급박하고 당혹스러워서 충분히 인사를 나눌 수가 없었다.

지금도 나는 우리가 가질 수도 있었던 시간들을 아쉬워한다. 뭔가 잘못된 것이 있었는지 곱씹어본다. 그럴 때면 엄마가 내게 말하는 것 같다. 지난 일은 돌아보지 마. 앞으로 네가 할 수 있는 일을 해.

엄마가 떠나고 나면 나는 고립된 섬처럼 살아갈 줄 알았다. 세상과 소통이 어려운 내게 엄마는 통역사였고, 세상과 연결하는 끈이었다. 끈이 사라졌으니 혼자가 되는 것이 마땅하다고 여겼다. 그러나 엄마는 이 세상이 더불어 살아가는 곳이란 걸 가르쳐주고 떠났다. 나는 세상과 단절되지 않고 오히려 연대하는 법을 배워나가고 있다. 엄마가 남긴 위대한 유산이다.

2024년 가을
남유하

오늘이 내일이면 좋겠다

2025년 1월 3일 1판 1쇄
2025년 2월 20일 1판 2쇄

지은이
남유하

편집	**디자인**
장슬기, 윤설희, 최경후, 이여름	조정은

제작	**마케팅**	**홍보**
박흥기	김수진, 백다희	조민희

인쇄	**제책**
천일문화사	J&D바인텍

펴낸이	**펴낸곳**	**등록**
강맑실	(주)사계절출판사	제406-2003-034호

주소	**전화**
(우)10881 경기도 파주시 회동길 252	031)955-8588, 8558

전송
마케팅부 031)955-8595, 편집부 031)955-8596

홈페이지	**전자우편**	**블로그**
www.sakyejul.net	literature@sakyejul.com	blog.naver.com/skjmail

페이스북	**트위터**	**인스타그램**
facebook.com/sakyejul	twitter.com/sakyejul	instagram.com/sakyejul

ⓒ 남유하 2025

값은 뒤표지에 적혀 있습니다. 잘못 만든 책은 구입하신 서점에서 바꾸어 드립니다.
사계절출판사는 성장의 의미를 생각합니다.
사계절출판사는 독자 여러분의 의견에 늘 귀 기울이고 있습니다.
이 책은 저작권법에 따라 보호받는 저작물이므로 무단전재와 복제를 금합니다.

ISBN 979-11-6981-348-8 03810